並外れた生き方

extra-ordinary

格外的活法

〔日〕
吉井忍
著

文匯出版社

新经典文化股份有限公司
www.readinglife.com
出 品

自 序

本书收录了十二个人的活法,采访时间跨度比较大,包括疫情时段断断续续有七年的时间,其间我跟踪她/他们的变化,不停地更新内容。别人的人生本来就不能复制、只能借鉴,但在这个漫长的伴行状态中,十二个人的经历似乎成了我自己的一部分。

卖鱼老板、编辑、维护一个网站的留学生、摄影师、书店店主、"龙的传人"、艺人、建筑师、文身师、咖啡馆店主,以及画家。若被问及其中一个人代表着什么,我只能说不代表什么。每一个人都不是"奇特人物",也不太会是家长给孩子做榜样的人物,因为她/他们并不在主流赛道上。但不在那个赛道上不意味着无路可走,她/他们选择了不一样的活法,不单是活出自己,与其同时用心固守自己的底线、守住尊严。反过来说,留住自己尊严的过程,逐步塑造出现在的她/他们。

之所以我想到去找她/他们,也是因为自己早就放弃那种赛跑。大学毕业后出国游荡各地,不买房不上班,甘愿落后几圈并用自己的节奏慢跑。在我毕业的九十年代末,以日本经济和日元的强势为背景,这个选择是没有费多少工夫就可以成立的。过了二十年,从北京回到东京的我发现,面临高度老龄化和贫富分化的日本社会,越来越没有余力接纳我这种"无用之人",能跑的路也越来越窄。然后又过七年,这个趋势就更加明显了。跳出胜负束缚之后的路,该怎么走下去,这也是我在进行采访的时候一直留在心里的问题。本书内容以访谈形式为主,但人毕竟是时代的产物,除了受访者本身的故事之外,我尽量在文中展现出日本社会的变迁和现状,以及近代历史和人的关系。

  她/他们的故事还在继续,我也暂时不那么急着寻找答案。看目前的样子,路变窄了,但还可以走。在她/他们的话语里,我听到的不是激发人心的励志故事,而是如何以现有的能力面对不确定性和暧昧的智慧。希望以本书为启,可以跟大家一起讨论更多的可能性和活法。

吉井忍
2024 年 11 月

目录
C O N T E N T S

CHAPTER 01
离开公司职员身份，我真的就一个人了

专访"市场里的二手书店乌拉拉"店主
宇田智子

1

CHAPTER 02
你的垃圾，表现出你的人生

专访搞笑艺人
泷泽秀一

33

CHAPTER 03
中国摇滚编舟记

专访 CHINESE ROCK DATA BASE 创建者
香取义人

53

CHAPTER 04
老太太,便当准备好了

专访独立摄影师
福岛淳史

73

CHAPTER 05
为未来两百年的"纯手工"大厦

专访一级建筑师
冈启辅

105

CHAPTER 06
我介绍的是普通生活,却被称为另类

专访摄影记者
都筑响一

135

CHAPTER 07
在别人土地上成长

专访华人暴走族"怒罗权"创始人
汪楠

161

CHAPTER 08
人与人的直接交流有时能超越政治
专访曾经的美军基地
191

CHAPTER 09
我们就生活在这里，我们没的选
日本福岛访问记
225

CHAPTER 10
我存的一百万，都没人领
专访文身匠人
三代目雕佑西
257

后记
297

"市场里的二手书店乌拉拉"。

CHAPTER

01

离开公司职员身份，我真的就一个人了

——

专访"市场里的二手书店乌拉拉"店主
宇田智子

宇田智子
Uda Tomoko

1980 年生于日本神奈川县,毕业于东京大学文学部。2002 年任职于淳久堂书店池袋本店的人文书部门。2009 年因淳久堂南进冲绳创店主动请调,2011 年 7 月辞职,同年 11 月起经营"市场里的二手书店乌拉拉"。2014 年获颁第七届"无名英雄奖"(わたくし、つまり Nobody 赏,也称为池田晶子纪念奖)。著有《一个人开书店》(Border Ink,2013)、《想开书店》(筑摩 Primer 新书,2015,繁体版名为《全日本最小书店 URARA》)、《市场的话语、书的声音》(晶文社,2018)等。喜欢拉丁美洲音乐,育有一女。

——
市场里的二手书店乌拉拉
冲绳县那霸市牧志 3-3-1
11:00—18:00(周日、周二休息)
https://urarabooks.ti-da.net

对很多日本人来说，来一趟"市场里的二手书店乌拉拉"（后文简称为"乌拉拉"）并不容易。它位于冲绳县的首府那霸市[*]，离东京1556公里。那霸到台北才600多公里，所以冲绳在气候、饮食习惯、建筑风格等方面和中国台湾地区有不少相同之处，故此也有不少日本游客来冲绳，享受国内的异国风情。在眼前铺展开的蔚蓝清透的苍穹和海水，温柔的海风传来三线[**]的声音、优美轻松的曲调带一点忧郁……它是弥漫着热带海岛风情的"远方"。

除了地理上的距离外，冲绳和日本其他地方还有历史和心态上的不同。打开乌拉拉的店主宇田智子事先推荐来的《冲绳的一年》（2018），那是由冲绳本地出版社 Border Ink 出版的三十页绘本，在造型可爱、细节满分的插画中充分展现了我这种冲绳入门级爱好者心中的憧憬。但读到卷末附记的历史部分，还是能感觉出当地人对"日本"抱有的复杂情感：

---
[*] 那霸市（Naha City）是冲绳本岛中最大的城市，人口约32万人。
[**] 三线，一种拨弦乐器，源自中国的三弦。

这里的历史大致可以分为琉球王国时代（1429左右—1879）、被明治政府并入到日本的冲绳县时代（1879—1945）、经太平洋战争和冲绳岛战役后纳入美国管辖的时代（1945—1972），以及"回归"后的冲绳县时代（1972年至今）[*]。在这段充满风波的历史中，冲绳人的身份不断遭受当时政权的左右，当地也形成了混合琉球、中国、日本、美国各元素的独特文化。

现在，冲绳人的地域身份意识比较强，将县外的地方称作内地（Naichi）、大和（Yamato）或本土（Hondo），称县外的人为内地人（Naichā）或大和人（Yamatunchu），而称冲绳本地为Uchinā，本地人为Uchinānchu。

不管是土地还是身份，他们仍旧使用这些明显的区分，这也说明冲绳还没摆脱历史的伤痕，加上当地的美军基地问题，它可谓是当代的政治阴影的缩影。作为一个来自"内地"的女性，融入这样的地方是否有些费劲？从东京飞往那霸国际机场，乘坐单轨电车前往牧志站看着窗外的风景时，我便在想这点。

我是在几年前的台北书展中认识宇田智子的。在一次饭局里她带着一位男子出现，男子怀中还有个出生不久的婴儿。两个人的样子非常自然，让人隐约感觉到她柔韧的意志力。第二天我们

---

[*] 1945年冲绳本岛被美军攻占，直至1972年回归日本，但美军基地依然存在。官方数据显示，冲绳总面积不足日本的1%，美军驻日基地却有七成都在冲绳，占冲绳本岛面积的15%。这不仅影响当地人的日常生活，还导致经济发展受阻、环境破坏等问题，部分民众要求基地关闭或迁出。

约时间共进早餐,我随口问她,"您怎么会想到从东京搬到冲绳去创业呢?"宇田智子坦然微笑,然后说"那是因为绝望"。当时我怕冒犯,也没有太多时间问下去,但这一切让我印象深刻。回东京之后我们也保持联系,她来神保町进货,我们一起吃咖喱,我做了一本 zine,她寄来明信片认真写了读后感想。她在日本不同纸媒上都有专栏,文字总能让人感觉她一定是个心灵干净、拥有一份笃定思想的人。

市场里的二手书店

牧志位于那霸市中西部,观光客来往不断,属于城里最热闹的地方。从车站出来跟着人潮走进著名的商业街国际大道,拐到市场中央街道再往前走几步,即可望见第一牧志公设市场。据说该市场由战后的黑市演变而来,冲绳家庭料理所需的每一种材料都能买到,曾被称为冲绳老百姓的厨房。乌拉拉就在市场的对面,是围绕公设市场发展的无数个小商家当中的一家。

有人说乌拉拉是"全日本最小的二手书店",因为它的店铺只有三张榻榻米大小,大约 5.5 平方米。但若在那一条繁杂的商店街看见这家书店,你也许对这个称呼产生怀疑。这个感觉并非来自"小书店的世界不会比大书店小"那般感伤,而是因为店主宇田智子从周围冲绳店主们那里学来的一招,她把部分书架搬到路边,以便扩大店面。这样一来临时占的路边面积也有大概三个榻榻米的大小，等于是把商业空间加倍了。"别忘了，书店也不只卖情调，这是一门生意"，我忽然想起一位东京独立书店店主说的一句话，于是自然明白过来，为什么她在店名前特意加了"市场里的二手书店"这几个字。

作为乌拉拉店主和唯一的店员，书店相关所有的业务和责任宇田智子需要一个人承担。上午从附近的出租房走过来，跟隔壁和对面的店铺打招呼，拉开铁门，摆出书架和小桌子。到中午，她走到附近的小商店买两个饭团和小菜，回到店里吃。没有客人的时候她坐着看书做笔记、整理书架或回邮件，有客人来咨询，她会抬起头，听完对方解释之后起身递过来一本书，或提供更详细的信息。下午六点开始收拾，把书架一个个搬回店里，拉下铁门。这样的一天，她反复已有十多年。

宇田智子1980年生于神奈川县川崎市，小时候经常去图书馆看书，喜欢看儿童文学。除了书籍外，她脑子里有一个"假想伙伴"，可以一起下课回家、聊天。她后来考上日本最高学府东京大学文学部，在学期间一个人租房住。"附近有一家书店，我在那里打过一段时间工。亲眼见过书店工作多么苦，暗自下定决心未来绝不要当书店店员。"她笑道。

2002年本科毕业后，她进入日本著名书店淳久堂（Junkudō），被分配到东京池袋本店。被问到当年的决心哪里去了，她回道，也了解过其他职业，但自己太缺乏想象力，只能想象在"书的世界"里工作的自己。"然后我想，世上已经有这么多书，自己不想参与做书,那还是书店好啦。参加过几家(书店的招聘)考试,最后给我录取通知的就是淳久堂。"

大书店店员的九年

刚好在她入职的前一年,淳久堂池袋店进行了大改造,面积翻倍到 6600 平方米,变成地下一层到地上九层的日本最大实体书店。宇田智子负责第四层的人文书部门,内容涉及哲学、历史、教育、心理或宗教等,每天处理进货、退货、接待客人

淳久堂池袋本店。

或整理书架。

有一天,店里要举办"冲绳书特集",从冲绳运来当地出版的书籍和杂志。此前,宇田智子对冲绳的印象和其他大部分人差不多,有点印象也有点模糊:

> 当时我都没去过冲绳。因为历史也罢美军基地也罢,冲绳这块地给人感觉挺复杂。所以我想,要去一趟冲绳,事先做点功课才对,这地方不太能轻轻松松闯进去。但那次在店里看到的冲绳县产本(在县内出版的书)多彩多姿,冲绳历史、琉球古语、当地菜肴、海洋写真、舞蹈、空手道、动物和植物、陶艺……它们的多样性让我大开眼界。日本各地都会有小出版社,但不管是书的种类、内容、作者或出版社,冲绳的都特别多,对出版的热情其他地方比不了。

从十七世纪到二十世纪,日本出版业持续稳定地发展,在千禧年前后的出版社数量约有四千五百家。而近年图书出版形势不景气,据 2020 年统计日本出版社数量减至三千家(其中八成在首都),寡头化趋势也比较明显,业绩达到一百亿日元[*]以上的企业为总数量的百分之一,却占出版界整体营收的一半以上。[**]据宇田智子介绍,除东京、大阪或京都等城市外,一个地区的出版

---

[*] 2024 年日元平均汇率约为 1 元人民币兑 21 日元。
[**] 出自日本出版贩卖株式会社营销部编《出版物贩卖额的实态 2022》。

社不会超过五家，包括当地报社旗下的一家，其他还有三四家，而冲绳县就有一百家以上。背后有两个原因，一是因为二战中和战后美军占领期间，从日本本州"进口"书籍的手续特别困难，这促进了冲绳当地出版业的发展。二是因为冲绳的历史和文化，包括音乐、食物或传统节日习俗，都和日本本州大不同，故此冲绳人的自我意识会比其他地方的日本人强。

"我想，这太有意思了。那里的书我之前名字都没听说过，很多地方志，比如市志、町志或村志，连书号都没有，和我平时在书店里看到的完全不一样，很新鲜。而且当时在池袋本店工作的那些日子，我到了一个瓶颈。一上班就被关在四楼那一层，从早到晚都在楼里，很少看到阳光。书店店员的生态其实很不自由，每天有做不完的业务、处理不完的箱子，熟悉工作流程之后，你就觉得每天的做事内容都是重复，没有新鲜感。而且身为一家公司的职员、在公司的大牌子下工作，有时候被客人说了什么、受到谴责，也不能回嘴，更不能说出我认为正确的事情。好不容易到下班或周末，也因为实在太累，灵魂都飞走了，没能做什么特别的事情。"

当时她租住在东京西边，旁边有高架路，不管是早晨或深夜都会传来汽车发出的嗡嗡声。"这种上下班生活我说不上很喜欢。不巧，与男友的恋情也告了一段落。所以这些因素都混在一起吧，索性就向公司申请到冲绳帮忙开新分店。"她平静地说道。此刻我就想起她在台北跟我说的"绝望"，同时明白了其来自何方。我提起此事，宇田智子破颜一笑，说自己不太记得了，还说这个形容可真夸张。

县产本的密林里

那是宇田智子在东京本店工作的第七年。此次调动申请有些突然，上司感到意外，于是叫来宇田智子询问，"你是不是在冲绳那里有了男朋友什么的？"她摇摇头。对方试图挽留，说要不先把岗位留在东京，去冲绳那边帮忙做选书之类的工作。她摇摇头，说自己就想在冲绳上班，想在那里卖当地的书。上司也没办法，毕竟她是工作态度良好的优秀员工。于是在2009年，她被调到冲绳县那霸市的分店，担任副店长。

来到冲绳之后，宇田智子越来越熟悉当地出版社及其出版物。不久她发现冲绳县产本的读者八成以上是冲绳人，而且很多县产本连在亚马逊——在日本也是规模最大的网络书店——上都看不到。她心里冒出莫名其妙的使命感，一定要把这些县产本推到日本全国去。

"书店的进货渠道一般以'取次'（经销商、中盘）为主，进退货和结款等手续都可以交给他们。但在冲绳的情况大不同。冲绳当地的出版社一般规模都很小，一个人运作的出版社也有。出版社的数量很多，但整个业界的状态很难把握，突然出现一个新的出版社，出几本书之后又不见了，这样的情况真不少。那怎么办呢,我就找了冲绳县产本网*的成员,透过这些私人关系渐渐认识到每个当地出版社。有时候在当地报纸上看到新书推广,我就把它抄下来,以便联系出版社。"

过程虽然琐碎,但她不觉得麻烦。这样一步步进入当地出版圈,就像踏入神秘莫测的热带森林,唤起了她的好奇心。让她感到困惑的反而是业务手续上的麻烦,小出版社有自己的做事风格,比如结款周期或出货相关手续,若不符合书店的流程规范,她不得不放弃进货。"当时我听到一则消息,说是在牧志市场旁边的二手书店要关了,这令我怦然心动。"

5000 到 5.5

这家二手书店名叫德福堂(Tokufukudō),店铺面积只有 5.5 平方米,和宇田智子当时上班的淳久堂那霸店的 5000 平方米简直无法相比。但从另一方面来看,它所在的地方很适合做小生意,在熙熙攘攘的老市场中央街道上,不管是平日还是周末,人流都络绎不绝,当地人和海外观光客都有。"日本最大书店的店员来接手日本最小的书店",她觉得这方案有意思,可行。还没打听店面租赁条件,宇田智子毫不犹豫地决定租下这间小店。"还有一个背景是心理上的。那是我来冲绳的第二年,我隐约感觉

---

* 为普及冲绳县产本设立于 1994 年的冲绳当地出版社交流平台,宇田智子来冲绳工作的 2010 年左右,该平台的成员约有二十家。

左方是乌拉拉，右方是她先生的商铺。这两家店铺之间只有几步路，宇田智子觉得这是她能接受的最近距离。"有些夫妻两个人一起照顾一家店，我真难以想象他们是如何协调的。"

收银台兼开放式办公室。每次客人买走书，她都把书名和价格记录在本子上。

店里很多书架和小细节都是宇田智子在当地同行的指导下"手作"的。

到，若继续在这里（淳久堂）上班，在不久的将来会被调动到其他地区的分店。我就想，好不容易来冲绳，工作确实做得很认真，但还不是很清楚自己到底喜不喜欢这个地方（冲绳）。想给自己多一些时间。"

她离开工作九年的淳久堂，成了这间二手书店的接班人。至于店名"乌拉拉"，宇田智子解释说是来自她小时候的绰号。因为她的姓"宇田"（Uda）和山本琳达演唱的流行歌《狙いうち》*开头的"乌拉拉乌拉拉～"比较像。"当时同班男生喜欢用这个绰号来取笑我，那我就借此机会克服自己小时候的心理创伤吧。而且乌拉拉这三个字很好记，就这么定了。"她笑道。

"那段时间我深深感觉到自己的身份，就是'什么都不是'。为了租这里的店面，我去和房东签合同，合同上要写一个紧急联系人。而我当时发现，自己没有发生紧急情况的时候适合联系到的人。父母住得太远，我又是单身。那时候我才发觉，一旦离开公司职员身份，我真的就一个人了。"

虽然本来就是一家二手书店，但并非拎包入住即可。开店之前需要考取古物商许可证（贩卖二手商品的许可证），大量的进货需要开车，得考驾驶证，要申请加入全国古书籍商组合联合会。为了节省成本，书架也要自己动手做。但如今看来，在那段时间里让宇田智子印象最深刻的并非这些事务性手续。

---

* 《狙いうち》（Neraiuchi，瞄准狙击），日本歌手山本琳达（1951—　）1973 年发行的单曲（阿久悠作曲、编曲）。

"离开了公司，发现自己什么都不会干。驾驶证是拿到了，但还不敢开车，去 DIY 店买材料都得请别人帮忙载我过去。去旧书组合开会也一样，要请会开车的成员带我去。说到二手书店，也是原来别人开过的，我只是接过来而已。从一开始，甚至在开始之前我就是靠别人，说实话这个意识到现在还有，我之所以勉强能够卖书糊口，是因为这里有市场，有人流。开店前做招牌、刷油漆，都是请朋友来帮忙。我只是决定留在这里而已。"

书店开始经营一段时间，生意还没有起色，有时候一整天都没一个人来买书，宇田智子只能坐在收银台那里看书，不声不响地当个"阅读推广宣传牌"。后来受到一些媒体的关注，更重要的是有了固定的客人，从中她也学到很多，她说最欣慰的事情就是和客人的交流。

"在大书店工作时，可能因为太忙，自己比较紧张，没有太多机会跟客人好好沟通。而且当时我们的书店是只卖新书的，若客人要的书已经绝版，那我们是没有办法进货的。现在我卖旧书，也可以进新书，很多时候只要肯花时间总能找到客人想要的那本。有些年纪大的客人不太会用网络，我就替他们在旧书网上找，我们二手书店之间的买卖可以打九折，这差额就是我的收入了。说白了没多少利润，但能为客人做点力所能及的事情，我感到挺开心的。"

宇田智子还特意加了一句，现在她之所以能够与客人较顺利地建立关系，就是因为她在淳久堂工作过。淳久堂是日本最大规模的书店,员工的专业性也强,但遇上知识渊博的客人,难免有店员没法当场解答的时候。"若遇到这种情况,我们店员不能以一句'抱歉'把客人哄走,没有库存没关系,但必须查好有关的信息提供给客人。因为要让客人知道,来一趟淳久堂哪怕书买不到,但至少能获得相关信息。这就是那里的教育方式,到现在给我的影响还挺大的。"

不知道的事情就去查,自己力所不及,可以请别人帮忙。看似再简单不过的事,真正能做到底的人并不多。宇田智子擅长与自己对话,大部分的人选择右边的时候,她会停下来问自己是不是想去左边。发现自己能力不足时,她不会苛刻要求自己或过于自卑,而是伸出触角,与别人建立连接,慢慢向下扎根。我认为这也是"格外的活法"所需的素质。它不是一瞬间下大决心的冲动或激情就会成立,是一个漫长的过程。

"过海"难

为别人做点力所能及的事情,并带给另一个人正向的影响。这会不会就是有人想要开店的核心理由?而且店铺的规模越小,这种实际感受会越强。在这个过程中她尽量解决力所能及的问题,但难免有力所不能及的困难:乌拉拉因为位于冲绳这个离岛上,被硬逼着负担额外的运费。

日本由北海道、本州、四国和九州四个大岛以及其他七千两

格外的活法

从大正时代的柳田国男以来，日本"内地"的学者和作家（如柳宗悦、冈本太郎、岛尾敏雄、吉本隆明、大江健三郎、谷川健一等）研究冲绳，也出了不少相关书籍。乌拉拉店里靠后的角落挤满了这些冲绳相关的旧书，内容和价格都属于"重量级"。

左方是第一牧志公设市场，里面有一百多家小铺卖海鲜和蔬果。

百多个小岛组成，故此被称为"千岛之国"。这些小岛因为交通成本高，运输费用比其他地方贵一些，"我在网上买东西，经常看到商家标有'邮寄费全国统一'，但仔细看下面的说明文字，就会发现这样的一句：'除冲绳等离岛外。'真让人懊恼。"宇田智子说。尤其是近年各家快递公司的收费标准上涨不少，这加大了小本经营的独立书店的压力。

她说进新书也一样，比如"内地"出版社出了几本关于冲绳的书，若你在东京直接去出版社拿几本也可以，但因为身在离岛，有的出版方订货总价超过两万日元才愿意发货。"新书的价格全国统一、利润少，所以我在这里主要卖旧书也是有原因的，旧书的价格相对比较自由些。但是呢，新书还是和旧书不一样，就是很新嘛，封面也好内容也好，都能带来一种很新鲜的氛围，有独特的吸引力和活力。所以只要我喜欢或客人想要的，虽然成本比较高，我还是会进一些新书。"

说及价格，日本人一般觉得远离大城市的物价自然相对低一些。而我在冲绳的超市和传统市场购物时，发现这里的物价比东京贵，尤其是水果蔬菜等从"内地"运来的物品，这个倾向更明显，比如一颗在日本中部长野县生产的苹果，在东京普通超市卖100日元左右，在那霸的超市就要150日元，酸奶也贵三成。据总务省公布的2023年居民消费价格指数[*]，冲绳的居住和教育项

---

[*] 居民消费价格指数是反映物价变动的指标。等于100表示范围内的物价没有变化；大于100表示物价上升，指数越高，物价上涨越多。

目数据比全国平均低一些，其他数据和东京相差没多少，至于食品项目数据全国第一。考虑到冲绳的最低时薪标准是 952 日元，比东京的 1163 日元低二成，感觉当地的生活也不容易。

宇田智子点头说没错，继续说道："我给孩子买衣服都是在二手店。买来之后，每件衣服里面都要写孩子的名字，这是托儿所的规定。然后我发现前面有人写过名字，一个名字上画两条删除线，后写上的名字上又画了线，我的孩子好像是第三或第四个穿这件衣服的。这样我就明白了，反正别人也一样嘛，那还要怎样，抬头挺胸再画条删除线呗，然后好好写下孩子的名字。"

让我感到意外的一点，就是冲绳的旧书平均价格比其他地方高。宇田智子解释，这或许因为当地人对旧书的需求比较高，在东京只能卖一百日元的旧书，在冲绳可能五百日元也有人愿意购买。所以她偶尔从县外的二手书店进货，寄到冲绳后再卖给客人还能获取利润。

"我也喜欢回东京时在'百元角落'淘书，在乌拉拉也试过一段时间这种统一价格的销售方式。但统一低价的书得放在靠近门口最醒目的地方，因为我的店实在太小，只能放一小箱子的分量，意义不大。等我的店铺面积大点再试试看。"

"至于冲绳的县产本，我接受媒体采访时的确会强调这一块，但实际上我进货时并不会优先考虑'地产地销'。只要和冲绳有关的或有意思的，我都会进。这从做生意的角度来看应该是对的，只卖冲绳当地出版的县产本，或只卖旧书，都不太现实。看看我周围的小店就知道了，会卖冲绳的特产，也会卖北海道的昆布、中国的茶叶或美国的水果。是有些杂乱，有时候我也摸不着头脑，但这就是市场，所以我也学他们。之前我上班的书店可不能这样，卖什么书，店里该有的不该有的，有个明确的标准。这方面的问题有了自己的店就自由多了，只要自己觉得可以就行，没有约束。说白了，若你真的要看很多县产本，淳久堂那霸店的藏书量比这里多得很。但一般游客很少去那里，所以我在这里摆些县产本还是有点意义的，为了不太进大书店的人，我可以提供多一个渠道，让他们接触到县产本，以及不太一样的冲绳。"

地方出版的未来

那么何谓县产本？据宇田智子的说明，现在的出版状况比过去更加多样化，关于冲绳的书、冲绳的县产本也不一定是冲绳人写的。比如上述的绘本《冲绳的一年》，其作者和插图师是高知县出身，但这本书的装帧、画风和文字都带有浓厚的冲绳风土人情，而且由冲绳本地的出版社出版。"那我想它无疑可以分类到县产本。"她说。

与日本其他地方一样，县产本也面临老龄化。出版界的黄金时代已经过去，中小出版社步履维艰，很多社长已年过七旬，但因为知道这行有多苦，不愿意让子女继承，实在支撑不下去就关

乌拉拉的藏书量大概三千,家里还有六千册的库存。

了。编辑也有类似的问题,宇田智子说"四十岁已经算很年轻,因为公司再没有年轻的"。与此同时,写书的人也正在减少,尤其是历史问题、反战或美军基地相关的传统概念上的"硬核"作家逐渐销声匿迹。故此她对本地出版和县产本的未来抱有少许担忧:"比如十年后吧,冲绳出版圈的情况如何,当地出版社到底能不能坚持下来,不太敢去想。"

但从地方出版的角度来看冲绳,这里的状况比日本其他地方还算有活力。尤其是轻盈而时尚的年轻一代,她/他们擅长把个人兴趣范围的内容更加深度化,以诱人的题目和页面设计吸引读者的眼球,抓住当地风光之美、慢悠悠的生活节奏和风土人情。

漫游、料理、农业、染布和其他手工艺等内容的书籍近年出现了不少。

"杂志也是其中比较有活力的一块。之前也有一些冲绳主题的刊物,但十多年前开始陆续停刊,这几年又热闹起来。不过杂志的内容需要新鲜,这是它们的命,但也因为如此过一段时间就不太有意思了。所以进货时要注意平衡,书的内容和种类要尽量多样化,轻盈的时尚口味也可以有,也需要历史或美术等重口味的。希望这家书店能够呈现出整体的冲绳,乌拉拉的位置也刚好就在游客多、第一次来冲绳的人都会来的地方,这是处于大家初次认识冲绳阶段时的书店。"

然而,这个风格在同行的眼里恰恰容易显得像个"初学者"。开店后不久的一段时间,宇田智子收到过同行的批评,也有人开玩笑地说乌拉拉那里"只卖能卖出去的书"。"传统意义上的旧书店老铺,对他们来说我的店过于小清新、不专业。但真没办法,旧书的世界太深奥,这个小空间容不下那么多古典和经典,我又是一个人看这家店,实在忙不过来。所以我改想法了,尽量和他们(其他旧书店老板)保持沟通,若客人想要的书我没有,就把周围其他旧书店推荐给客人。"

疫情中的冲绳,之后的乌拉拉

如今乌拉拉获得了同行和爱书人的认可,在冲绳成为不容

上午 10 点 50 分，宇田智子抱着几本书来上班。店前已经有位插图师（绘本《寄居蟹的梦》的作者龟谷明日香）在等她，她把绘本的繁体中文翻译小册子递给宇田智子，并请她帮忙夹在绘本里。

从店里搬出书架，其实非常费力。

宇田智子继续准备开店，有点气喘吁吁。上午 11 点，差不多准备好了。

离开公司职员身份，我真的就一个人了

乌拉拉的摆书方式每天都有小变化，有时候她会摆出自己的书及其外文版（繁体中文版、韩文版）。

冲绳主题的漫画、摄影集、绘本、随笔等。

宇田智子用平板电脑查询旧书网，马上查到别家有库存，但客人觉得买不下手，点头道谢后离店。"没办法，看看日后能否进货吧。"她说。

错过的特色独立书店。盈利也稳定起来，宇田智子在文学杂志上连载的随笔和日记也获得了好评，她说父母也不再唠叨了，"后来他们在媒体上看到了这家店的介绍或我写的文章，好像放下了心"。然而，安稳的日子在几年后面临两场比较大的变局：市场的改造和新冠肺炎疫情。

乌拉拉对面的第一牧志公设市场，前身是二战后的黑市，1950年那霸市政府为改善卫生环境开办了这家公设市场，总面积有三千五百多平方米。一百三十多家小铺并肩的市场里，满满地摆放着海鲜、肉类、蔬果和干货，在一楼购入的食材还可以拿到二楼请当地师傅烹调。经过近七十年，为了排除安全隐患，市政府决定全面改造市场，市场内的商铺搬迁至一百米外的临时市场。改造计划长达三年，随之变动的不仅仅是市场内的商铺，还有乌拉拉以及周围数百家小店铺。

"因为有这个市场，这些商家从来没有担心过客流问题，我决定在这里开店的主要原因也是因为有市场。市场改造的消息有一小段时间让我周围的店主都比较悲观。"宇田智子曾经在采访里说过。改造措施开始后，邻近市场的商店街上方的拱廊也将被拆去。这个拱廊能遮阳挡雨，在乌拉拉收银台旁和她一起吃外卖午餐时，我就感受到它的存在价值，可以想象，没有它之后，在太阳光直射下经营小店铺的辛苦。

2020年初疫情暴发，冲绳的观光业也深受打击。四月上旬日本政府发布"紧急事态宣言"，随后的一个多月乌拉拉也停止营业，其间托儿所也关了，宇田智子不得不在家照顾孩子。幸好有政府提供补偿金，再加上乌拉拉的经营成本本身比较低，店面小，没有燃气也没有自来水，她勉强熬过了这段时间。乌拉拉开业的第十周年也是在疫情蔓延的不安中度过的，她没有宣传此事，我不禁有些心疼。

但这次疫情也给宇田智子提供了少许机遇，让她更进一步接触到当地人，融入其中。商店街的拱廊是上世纪八九十年代周围的商铺捐款建立的，可谓是周围店主的共同财产，跟随市场拆迁而被官方拆去之后（这过程也有过不少意见冲突），周围的商铺为拱廊的重建又组织起来。重建过程中少不了准备资料、募款、宣传等文字工作，年轻又能写的宇田智子被选为"市场中央街道拱廊协议会事务局"成员之一。宇田智子坦白，不管是市场拆迁还是拱廊，以前她都是以旁观者的立场来观察，但透过该组织的工作，她更能理解大家携手维护下来的商店街的历史，同时感觉到自己也成了该历史的一部分。

乌拉拉的隔壁有过一家时装店，那是从1972年冲绳归还日本之前就已经存在的老铺，在2020年夏天决定关门大吉。宇田智子租下该店铺，由此扩大书店面积，同时利用因为停业而多出来的时间，她开设了乌拉拉的网络书店。店铺面积增加了一半，藏书量多了五百册左右，新增了从设计到绘本、工具书、新书[*]以

---

[*] 此处的"新书"特指开本和尺寸较小的一类书籍。日本主流的图书开本有三种，单行本、新书和文库。单行本约三十二开，出版三四年收回成本或再版时，出版方会改出更小开本的文库本。新书的开本介于单行本和文库之间，选题大胆新颖。

及 zine 等。新设的一百日元或两百日元均价角落里，宇田智子特意挑选了以前没有的种类：自我成长书籍和历史小说。有了这个角落之后更能吸引当地的客人，"过了这么长时间我才发觉，原来大家想要看这些'普通'的书。"她说。而网络书店目前限于新书销售，从整体来看目前的收入以实体书店为主，她仍旧把每天的工作量限制在一个人也能够处理的范围内。

2023 年 3 月，宇田智子出版了一本自主出版物《三年九个月三天》，副标题为"等待那霸第一牧志公设市场"。这是她从 2019 年 6 月到 2023 年 3 月——相当于从市场改造开始到完毕之前的相关记录，因为疫情导致原来的工期延长将近一年。就如她在后记中所说，全书覆盖着一种不确定感或不安，但其中有一丝淡淡的希望和期待。她接着写道，"只要市场回来——与其他店主的对话中，这句话我不知道听了多少次。（略）而在疫情最后的一年，这句话在我心中似乎变成了祈祷：只要市场回来，一切都能恢复本然。"

当然不能一如既往。原来的市场关闭之后，位于那霸市的首里城毁于大火，那是冲绳的代表性存在，也是当地人的精神支柱。因为市场搬迁，不少高龄老板以此为契机准备关门，对周围居民和消费者来说一些熟悉的面孔再也见不到了。但只要宇田智子继续开门，不停下记录的笔尖，乌拉拉和周围的故事还会继续。

现在我手里的《三年九个月三天》，是在乌拉拉的网络购物页面上下单的。从冲绳寄来时,这本小册子含有一张明信片和一份复印纸,明信片上有她手写的几行字,复印纸则是"市场回来"之后 2023 年夏季的最新日记内容。

  因为没有客人,出去买杯咖啡。今天还没赚到这杯咖啡的钱,但越是如此,更是要给自己加油打气。咖啡馆店主在吧台上吃意大利面,看到我进来就站起来为我倒咖啡。"今天生意怎么样呢?""完全不行。""我这边也是呢,刚才买了这盘意大利面和一份三明治,但这样就完全亏本了。""我也是呢。"离店前我们这样聊道,然后互相鼓励,接下来一定会有客人的。多亏这一句,随后还真赚到一些。(2023 年 6 月 21 日)

  从均价角落里,有一位客人买了一本关于炒股的书。客人说,"我不看小说那种东西,就喜欢实务相关的书。能给我推荐一本吗?"我就拿起了一本《胆小鬼的炒股入门》,对方说"富翁的炒股入门?我没钱呢"*。这本书到傍晚时被别的客人买走了。(2023 年 6 月 26 日)

疫情前我来那霸采访,记得坐在收银台旁的宇田智子跟我说,以前就在开业后不久的时间段里,她有时候会羡慕从眼前走过的人,也会想到别处去。她接着说,现在这个想法越来越少,

---

* 这里的日文书名为"臆病者のための株入門",估计客人没听清楚宇田智子说的书名,误以为"臆病者"(okubyōmono,胆小鬼)是"億万長者"(okumanchōjya,富翁)。

做生意这么长时间发现自己没什么商业头脑,但自己蛮擅长坐在这里的。"在这里开家店,好像这就是最管用的技能。"她笑着说。当时我有点摸不着头脑,然而现在似乎明白过来。这张复印纸字里行间散发着轻松温暖的氛围,能感觉到她的平心静气,以及她在这里建立起的扎实而稳健的人际关系。我边读边想,宇田桑已经是这里场景的一部分了。

2021 年的乌拉拉全景,右边是新增部分。

乌拉拉的 zine 角落，内容包括小动物（包括猫）摄影或艺术地图等，也摆放着冲绳料理的新书。

一旦客人来问问题，宇田智子马上停下手里的活，听对方说话。采访那天刚好有客人来找一本《岁时记》，日本俳句用的五千余个季语（表示季节的词）的汇总。客人想要开本小的文库本，去旅游时都可以带着。

离开公司职员身份，我真的就一个人了

坐在收银台，宇田智子每天看见的风景。
第一次采访完的 2018 年 11 月底，我为确认几件事发邮件给她，文末加了关于东京天气的几句话，宇田智子在回信中写道："我在店里还用电风扇呢。"

泷泽秀一的书《这件垃圾不能回收》。

CHAPTER

02

你的垃圾,
表现出你的人生

——

专访搞笑艺人
泷泽秀一

泷泽秀一
Takizawa Shūichi

1976 年生于新潟县,儿时搬到东京都。经都立足立高等学校,升入东京成德大学人文学部英美文化学科,毕业后当搞笑艺人并成为"机枪"二人组一员,搭档为西堀亮。2012 年开始兼职做垃圾清运公司职员,负责垃圾回收。日本漫才竞赛 THE MANZAI 认定漫才师(2012 年和 2014 年),2023 年在"THE SECOND ~ 漫才竞赛"中获得第二名。著有超过十本垃圾主题的作品,包括漫画和绘本。

听说海外人士在日本的生活中最伤脑筋的是垃圾分类，有的媒体称日本人对垃圾分类的态度达到"变态"程度。据日本环境省报告，垃圾回收率较高的前三位[*]为北海道丰浦町（87.1%）、鹿儿岛大崎町（81.6%）和德岛县上胜町（79.9%）。以上胜町为例，这是一座人口不到 1500 的山间小镇，这里的居民把"垃圾"分成 13 个大品类、45 个项目，分类与清理完毕后带到镇上唯一的回收站。确实很细腻。这些"垃圾"在回收站保管一年，达到一定分量后卖给资源回收企业。厨余由居民自行处理，该地方政府从 1991 年为购入垃圾堆肥化处理器的居民提供补贴。

但之所以他们那么努力减少"垃圾"，当初算是背水一战。上胜町的人口不到一千五，这些人散居在一百平方公里的山地，对当地行政单位来说，耗资购置回收车，前往所有村落回收垃圾并焚烧，根本就是白日说梦。

反过来看，包括我在内的首都居民进行的垃圾分类顶多六七

---

[*] 此为人口未满十万人的地区中的排行。出自 https://www.env.go.jp/press/press_01383.html。

种，主要依赖于钱和人手之多，政府投入大量税金雇人替居民进行分类，并运营焚烧炉和堆填区。看似简便，但背后沉重的社会负担不断增加。若不考虑上胜町等"优秀城市"，从全国平均来看，日本的垃圾回收率为二成左右，远不如其他国家。据面向欧盟国家关于"城市垃圾回收率"的调查（2021），德国的回收率接近七成，奥地利、斯洛文尼亚、荷兰和丹麦在六成上下，比利时、瑞典和意大利为五成左右，法国和波兰也有四成。看这些数字，个人感觉日本"变态"之称也有些言过其实。

东京都环境局官网显示，首都目前设有两处垃圾填埋场，均在江东区面向太平洋的东京湾区域，接收首都中心二十三个区所产生的可燃垃圾焚烧灰和不可燃垃圾。东京湾的"填海造地"从昭和二年（1927）开始，已填满五处垃圾填埋场（共 2.43 平方公里）并把它改造成居住区、公园或高尔夫球场，剩下的最后两处填埋场用地预计在五十年后或耗尽。

抱歉您的年纪太大了

"这只不过是首都的情况而已。从日本全国平均来看，现有的垃圾填埋场再过二十多年就被填满。迟早有饱和的那一天。"身穿垃圾回收员工服的泷泽秀一说道。

他二十二岁时决定进演艺圈这一行，从 2012 年至今兼职另外一份工作，作为垃圾清运公司职员回收垃圾。"有了这份工作我才能维持艺人生活，两者都算是毕生事业啦。"泷泽秀一说。而十年前的他意想不到的是，这份兼职不只弥补经济上的不足，还让他开阔视野、增长见识。现在他的头衔是"垃圾回收员艺人"，两者融为一体，已经说不清哪个是正职哪个是副职。

泷泽秀一1976年出生，成长于东京中心二十三个区最北端的足立区。他从小爱看北野武（1947— ）的搞笑节目，后来得知这位谐星是足立区出身，为此无比骄傲。之所以泷泽秀一升入东京都立足立高等学校，就是因为想做北野武的后辈。虽然喜欢，但从来没想过自己会跟北野武一样当艺人，他擅长器械体操，初中时段的梦想是当一名体操选手，"在高中我参加过重金属摇滚乐队，未来想搞音乐。结果在大学期间又喜欢上著名搞笑二人组'爆笑问题'（Bakusyō Mondai），觉得艺人实在太吸引人了，便打定主意要学漫才（Manzai，类似中国的对口相声）。"

"当时做教师实习的学校都申请好了，所以突来的这个决定让周围的人有点措手不及。但那是一种猛然的激情，没办法。一般来说，学漫才要去'艺人养成所'（艺能培训机构），但几十万日元的学费远超乎一个大学生能筹来的水平，所以我就找了一个在池袋的培训班叫'幽默讲座'，三个月才一万五千日元。而开学之后我才发现，来上课的是清一色的大叔，不是要当艺人的，就想学点幽默口才逗同事或用来做营销。唯一年轻点的同学是西堀亮（Nishibori Ryō），是我现在的搭档。"

1998年泷泽秀一和西堀亮组成漫才搭档"机枪"（マシンガ

ンズ /MachineGuns），当初找过"爆笑问题"所属的经纪公司"泰坦"（TITAN），对方却以"目前没有招募新成员"为理由拒绝，然后他们被株式会社太田 Production 接纳，那是有吉弘行（1974— ）等笑星所属的另外一家经纪公司。据说每年进全国各地艺人养成所的学员约有四千人，其中能上电视的只有五十人左右（1.3%），三年后还能继续上电视的就五个人[*]。从这点来看，机枪的成绩非常好，上过《娱乐之神》（エンタの神様）和《爆笑红毯》（爆笑レッドカーペット）等高收视率的电视节目，甚至有一次在"M-1 大赛"[**]中进入到半决赛。但泷泽秀一说自己"几乎没当红过"，三十多岁的十年间是自己最穷的时段，偶尔一个月能赚五十万日元，但第二个月可能只有几万日元，收入不算高也不稳定。他回忆道，最没钱的时候一个月只有一次演出，一千日元的报酬扣去事务所的中介费和税金，然后跟搭档平分，最后拿到的是三百日元，连路费都不够。

"我三十六岁那年太太怀孕了，她说需要四十万日元，生娃就要这么多[***]。这对我来说是天文数字呀，问她能不能便宜一点，

---

[*] 出自江端智一《一辈子能靠着搞笑维生的只有八个千分之一》(*EE Times Japan* 2019 年 08 月 29 日）。

[**] "M-1 大赛"（M-1 グランプリ）是由艺人经纪公司"吉本兴业株式会社"与日本电视台"朝日放送"于 2001 年起创办的漫才竞赛，通称为 M-1。报名资格要求是结成 15 年以内的漫才组合，至 2024 年已有 20 届。此项比赛在 2010—2014 年停办，THE MANZAI 为其间的后续项目。

[***] 据厚生劳动省最新统计，2020 年日本全国平均生育费用为 46.7 万日元。在日本怀孕 4 个月以上的孕妇可以申请"出产育儿一时金"（生育津贴），该制度 1994 年开始时的额度为 30 万日元，2009 年增加到 42 万日元。超过该额度的部分由个人负担。生育津贴可以提前领取或先垫付事后申请。

太太一听怒发冲冠，然后一个个地详细解释这笔钱的用处，意思是一分钱也不能少。听完我就用手机找招聘信息，当时还没那么着急，只不过是临时工嘛。但这个社会的年龄歧视比我想象中的要严重，招聘条件写的是'不限年龄'，但实际上超过三十五岁根本没戏，我应聘九家且统统吃了闭门羹。有位面试官，是比我年轻许多的店主，蛮坦率地跟我说：抱歉您的年纪太大了。"

感到走投无路时，他想起了一位曾经的同行，试过几年的艺人生涯但不走运，最后决定转行。拿起手机拨打对方的电话号码，没来得及寒暄，泷泽秀一急忙问："喂，你现在做什么工作呀？"许久未见的对方满怀困惑地说，"怎么了，我在做垃圾回收呀。"泷泽秀一追问，那份工作是不是三十六岁也可以做，没有驾驶证的可不可以报名？对方若有所悟，耐心地回答都可以，

泷泽秀一工作照。（株式会社太田 Production 提供）

还说三十六岁在这一行算是年轻的。打听一下这份工作每月平均收入为二十万日元，相当于人民币一万元。确认这点后泷泽秀一当场决定干这行。

抓着垃圾袋奔跑的日本人

据泷泽秀一介绍，目前在日本大概有三种不同背景的垃圾回收员。一类名为"技能劳务职"的地方公务员，属于地方行政单位，拿月薪。第二类是地方行政单位的临时工，也算是半个公务员，收入按时间算，半年或一年更新一次合约。第三类是民营企业的员工，行政单位会把部分收集清运业务委托给民营企业，以招标方式决定，公司随时随地招聘。三者从业务内容来看相差无几，泷泽秀一属于民企员工。

垃圾回收工作全靠体力。早上六点半到公司，八点开始回收垃圾，短暂午休后继续前行收垃圾，下班时间为傍晚四五点。二人一组负责回收垃圾，由另外一位同事来开车。这三个人的协作程度直接影响工作进度。而且收完负责区内的垃圾即可下班，为了早点回家每个人绝不偷懒，保持高度协调。虽然很累，但无须加班不用应酬，他觉得这点非常好。另外一个好处是自己不怎么喝酒了，因为收垃圾业务是受行政单位委托的，管得比较严，每天早上得接受呼气酒精测试。"我以前酒量很大，但自从开始这份工作之后很少去喝酒，为了补充体力早餐也吃得很充分，总的来说比以前健康许多。"泷泽秀一笑道。

他不会开车，专职回收。每到回收站从车上跳下来，拼命抓住塑料袋并一个接一个地扔进压缩垃圾车尾部。垃圾清运车一般载重不超过两吨，载满就得回总站"卸货"，然后又开回现场继续回收，这个环节一天反复五六次才能完成清运。"有些人扔错垃圾，比如今天是回收可燃物的，但他放的是塑料，那我们在袋子上要贴张提醒单。"

这种提醒单我也看过。路过垃圾回收站，偶尔会看见一两个没被收走的垃圾袋，还被贴上提醒单："此垃圾不能回收，请在指定回收日当天放到指定回收点。"其实我心中一直有个疑问，回收员是怎么知道里面有当天不该回收的东西？装垃圾的袋子一般都是半透明材料，不过还是隐约能看出来里面塞的是什么。被留下的袋子里，从外面看起来是有当天可回收的（如可燃物），显然居民动过脑筋，应该是把当天不该回收的东西（如塑料类）放在更里面一点的位置，而最后还是被识破。泷泽秀一眯眼道，就眼看的体积和手里的重量不搭，还有声音，有经验的回收员拎一下就知道了。

令人烦恼的垃圾分类，是有法律依据的。上世纪六七十年代的日本经济蓬勃发展，大量的废弃物和污染物排放不仅造成当地居民的困扰，还在全国各地陆续出现污染导致的大范围公害病。舆论中的"反公害"高涨让中央政府意识到强化对策的必要，故此从七十年代开始制定或修订大量的相关法律法规。1970 年 7 月

日本的垃圾回收车。

以首相为首的公害对策本部成立，11月的"公害国会"（以公害对策为主题的临时国会）制定了包括《关于废弃物的处理以及清扫的法律》（简称为"废弃物处理法"）在内的十四种相关法规，次年"环境厅"正式成立。

九十年代也有过一次环保热潮，在这段时间政府推出的相关法律规定有《关于包装容器分类回收与促进再商品化的法律》、《家电回收法》、《小型家电回收法》、《食品回收法》、《汽车回收法》等，《废弃物处理法》也修订过两次，最新修订在2020年。其第二十五条规定乱丢弃废弃物者将被处以五年以下有期徒刑，并处或单处一千万日元以下的罚金，第三十二条规定企业或社团法人将被处三亿日元以下的罚金。

道理大家很明白，执行起来却有点难。泷泽秀一说，大部分的人还是会做好分类，按时间把垃圾在回收处放好，但也有例外。比如每年三四月份的毕业和开学季，相当于搬家高峰期，迁离旧居的人会留下大量的垃圾袋在回收站，废纸、马克杯、玻璃杯、衣服、鞋子、小型家电、厨具或调料统统放在一块，便一走了之。遇到这种情况只能由回收员当场做分类。

"我刚开始工作的时候遇到更离谱的情况，有人把卡式炉用气罐和可燃烧垃圾放在一起。气罐容易发出声音，所以那个人先把它用毛巾包好再放进垃圾袋。幸好我把垃圾袋递给前辈时他发觉到里面有异物。在东京每年都会发生垃圾回收车爆炸起火事件，罪魁祸首居然是气罐。真让人费解，愿意动手把气罐用毛巾包好的人，怎么会没有耐心等到罐类回收日那天呢。"

作为一个本地人，我个人比较烦恼的并不是分类，而是时间规定。日本的回收站一般按垃圾或资源种类有固定的回收日，如周一和周四为可燃物和厨余，周三为塑料类，周五是玻璃、铝类或废纸类。而且这些垃圾或资源只能在回收日当天上午八点前投放，前一个晚上也不行，以免小动物来找食。简单来说，你想扔垃圾不能睡懒觉，也因为这个原因不少日本人有过抓着垃圾袋奔跑、追赶回收车的经验。"有人骑着自行车追我们的，也有人开着车追，追上了还按喇叭要我们停车。"泷泽秀一苦笑道。

兼职和心理健康

至今泷泽秀一当了十多年的垃圾回收员。当年入行时花了多长时间才适应下来的呢。他坦白道：头三年比较难熬，主要心里难受。这点他分析了一番，当初自己认为当垃圾回收员是为了应付目前的困境，只要"本业"——站立在舞台上逗笑观众——上轨道，其收入有了眉目，即可离开。这个认知让他产生另一个念头，"当回收员的自己是不应该的"，让他更加难过。而过三年后他渐渐学会接受现状，也发觉到垃圾回收这份工作的意义，还认识到以前并没想到过的事和人。"两栖"状态又如何，两个都很有意思，那以后也就这样吧。

"当我入这行（垃圾回收员）时也有人跟我劝说，若心中还有别的目标，那别在这行待太久。说得也没错，我的同事中有一个小伙子，当初的梦想是赚点钱上养成所当声优，后来不怎么努力了，过一天算一天，我们都不好意思跟他提到当声优的事。但也有另外一个年轻同事，进来时说想当拳击选手，不到两年就离职，还真成为职业选手了。所以最后还是要看个人选择和自己的决心吧。"

2023 年机枪迎来二十五周年，泷泽秀一和他的搭档在演艺圈里是有实力且被公认的老手。两个人甚至已经不怎么排练了，上台前互相说几句就行。我问他，这些年的跌宕起伏中有没有想过放弃当艺人。他回答这倒没有，只是一开始以为总有一天自己会走红，但不知道从什么时候开始，那已经不再是大目标了，"不放弃"才是主要目标或动机。

"自己并没有所谓的才华，这大概花了十年你就会知道。但是呢，发现自己没这方面的才华就马上放弃，我不是那种软汉。我是个执念比较深的人，而且有时候继续做下去相对比较容易，放弃才需要更多的勇气。进则地狱，退则也地狱，也有一段时间是这么想的。那还是选择比较熟悉的地狱呗。"

泷泽秀一现在倒认为，做垃圾回收员的工作不仅有助于增进身体健康，还有益于心理健康。一是因为收入稳定了些，不再为经济方面的焦虑消磨身心。二来是心理平衡。观众是不可控的，难免遇到台下反应冷冰冰的场合，以前在这种情况他会情绪低落，甚至失去信心，导致一种恶性循环。"现在就不一样，调整心情容易许多，比如今天观众的反应冷漠，那我跟自己说没关系，明天还要去回收垃圾呢。又假如，我在回收垃圾的工作中遇到不愉快的事儿，那我把它当作漫才的材料，在舞台上吐槽一下。总的来说心里多了些空隙，可以活得轻松点了。"

垃圾呈现的社会

在日本演艺界做"兼职"的艺人中，1980年生的又吉直树名列前茅。他从吉本综合艺能学校毕业后成为职业搞笑艺人，2003年成为漫才二人组 Peace（和平）一员，从2015年开始在老牌文学杂志《文学界》上连载小说《火花》，因后来推出的单行本成为史上最畅销的芥川奖获得者。

出书这件事在他们行业中并不少见，随笔和漫画是其中比较多的形式。泷泽秀一也不甘示弱，何况他是在大学研究文学的，毕业论文中讨论埃德加·爱伦·坡，平时爱读村上龙和中上健次。"中上健次也做过体力劳动的，他在羽田机场从事堆货卸货的工作，也做过搬运工，仍致力于写作。我也在写东西呢，上下班的地铁上或中午休息时刻，就用手机写小说。"

利用这些间隙时间写的推理小说，泷泽秀一在还没当垃圾回收员的2013年开始投稿于小说阅读网E☆EVERY STAR上，点击阅读量超过两万，次年汇集成单行本《笼目歌》[*]并由双叶社出版。他的另一部小说作品《废塑料还是雪花》（未出版）曾被列为群像新人文学奖[**]候选作品。

我有一次翻阅《小说新潮》时看到过泷泽秀一写的一篇名为《向往的街区S》的散文，是他垃圾回收员阅历到六年时写的，让人印象深刻。他在该文中写道，在东京他负责收垃圾的地区中有个地方叫S，属于著名高级住宅区。因为自己成长于"很穷、素质也极差"的地方，他一直以来向往像S那样"有钱又有品味"的街区。每次到S，眼前都是一栋一栋的大房子和安静祥和的环境，感动不已的他不禁幻想，要是能搬到这里住，那该多好啊。

---

[*] 《笼目歌》（かごめかごめ）是日本流传的一首童谣，又被称为《笼中鸟》。
[**] 群像新人文学奖是讲谈社发行的文学杂志《群像》在1958年创办的纯文学公募新人文学奖。村上春树在1979年凭借首作《且听风吟》获得该奖项。

但文章结尾是他的醒悟，不是搬到这里即可获得幸福，生活还是要继续下去，其间能否与高端地区的居民层次对等是另一回事，这对他来说更难了。

那他在有钱人和非有钱人的居住地之间发现的差异在何处？是否垃圾里有很多名牌的纸袋或进口食品包装纸？泷泽秀一摇头笑道，刚好是相反的，有钱人那里的垃圾明显比其他地区的要少。

"先说'非有钱人'地区吧，发泡啤酒*铝罐或清酒玻璃瓶比较多，尤其是元旦三天假过后的一月四日，也就是新年第一个回收日，居民扔掉的铝罐和空瓶之多简直让我目瞪口呆。烟蒂也挺多的，人们把 PET 瓶当作烟灰缸，里面放点水，抽完烟把烟蒂直接放进去，直到塞满，然后当可燃物来扔。"

"一次性扔掉大量的同类垃圾，也是这些地区的特征之一。我看到过十五个大袋子，每个袋子的容量有七十公升左右，里面都是可乐 PET 瓶。还有营养保健型饮料，每隔一段时间就会有人扔掉同一款饮料的空瓶，数量非常多。这种饮料价格也不便宜，怎么说呢，若有人需要靠这种饮料才能熬过每一天，也有点悲伤。当然是我想象的哈。还看到过有人扔掉大量 CD，附上'握手券'的那种，有了这张可以在现场跟偶像握手几秒，对他们来说这张纸才是重点，取出握手券后把光盘就给扔了。"

买香烟、光盘或饮料，单次消费金额都不算离谱，偶尔用这

---

* 发泡啤酒是一种高辅料啤酒，别称为"低税率系发泡酒"，日本上世纪 90 年代为应对"高原料即高酒税"而上市。发泡啤酒的麦芽使用率未满 25%，啤酒为 50% 以上。

种方式犒赏自己也没什么不好。但就如古人说"不积小流，无以成江河"，这些小小的心理依赖累积下来也很可观。

"在所谓的高级住宅区，感觉垃圾总量比其他地方少。顶多网球或美容仪器的出现率会稍微多一点。所以我想，是不是可以这么说，当你的生活状况和心理状态都比较宽裕，就能够意识到更远的未来，包括自己的健康。垃圾很能反映出你的生活状态，甚至有直接的关系，一个人扔出去的东西，其实很能表现出你是什么样的人。也可以反过来想，若能够改变你的消费方式和你所产生的垃圾，你的人生也会产生比较正面、积极的变化。"

一个地区的氛围可能会激发居民的所属意识、观念或甚至义务感，反之亦然。泷泽秀一根据上述推想给了有意思的建议，当你找房看房时，除了地段、租金和通风采光之外，还可以留意一下当地垃圾回收处的清洁度。

就如上述所说，垃圾回收有固定的日期和时间，其他时段不得随意扔垃圾，由町内会*成员轮班负责打扫。有的公寓式住所会有专用垃圾厢房，居民按规定进行分类后随时都可以扔垃圾，到指定日期再由回收员负责回收，垃圾厢房由公寓管理员定期进行清洁。

"如果大白天还会看见空瓶子或装满垃圾的塑料袋，很可能是附近居民中有人随意扔垃圾。连扔垃圾的时间都不会遵守，这种人还能遵守其他的规定吗，很难说。若回收处保持一定的干净

---

* 传统街坊的居民自治组织，类似于中国的居委会。

度，那很可能居民当中至少有几个人比较有责任心，可谓是你将来比较可靠的邻居。公寓也是一样，若居民专用垃圾厢房保持一定的干净度，这表示这里的管理水平比较可靠，发生其他问题时也心里有数。"

何谓垃圾

我在演艺厅看到过泷泽秀一和他搭档的漫才表演。和接受采访时一样，感觉他是有一种成功者素质的人，不管在笑、装傻或面对观众，他的眼神诚恳有热情，能专注于眼前的事情。采访前后他陆续出版漫画单行本，部分画图由他的妻子尽心出力，每年一本或以上的出书节奏：《这件垃圾不能回收》（2018）、《垃圾回收员的日常》（2019）、《垃圾回收员看见了！真实而愉快的垃圾事典》（2020）、《垃圾回收艺人的工作方式解说》（2021）、《日本全国关于垃圾和回收员的故事》（2021）、《关于垃圾：当了十年的回收员》（2022）。泷泽秀一过去几年的这些轨迹——"跑着思考"，尽管去尝试并不停地提升质量——让我想起一句谚语"数凌驾于质"。这并非指所谓的"粗制滥造"，意思是为了提升质量，保持某种输出量是必须的，反观输出太少很难提升质量。

泷泽秀一提倡的垃圾主题，除了他的热情和努力之外，为何能够受这么广泛的关注？其主要原因在疫情期间变得更加明确了，那是因为垃圾回收员是社会的"必要工作人员"（essential worker），和每个人的生活有密切的关系。疫情蔓延之下大部分人主动或被动居家办公，而护士、收银员、送货员、司机、介护人员、警察或消防队员等必要工作人员，为了维持社会功能冒着危险去上班。透过他们在社交网络上发出的声音以及媒体的报道，平时似乎保持"隐形"状态的人们终于见闻于世。

其实在疫情中，垃圾回收员的工作量有所增加。据泷泽秀一观察，这是因为不能出门的情况之下很多人开始在家做饭，也进行了家里的"断舍离"，导致生活垃圾激增，有的地区比平时增加一倍。他透过社交账号每天几次发出关于扔垃圾的小知识或工作点滴，如使用后的口罩需先放进小塑料袋再扔，或是呼吁大家不要把垃圾袋塞得太满，以免放进压缩车时在回收员面前爆裂。这段时间媒体对他本人和垃圾或资源的关注度也提升了不少。

2023 年 5 月"THE SECOND～漫才竞赛"第一季首播，报名资格要求与"M-1 大赛"相反，是结成十六年以上的大龄组合才能参加。该竞赛中机枪组合出类拔萃，终获第二名。泷泽秀一毫不松懈继续冲，最近注力于食物共享组织"食品分发中心/食品救济站"（food pantry）的普及。

日本的食物自给率多年偏低。不过根据消费者厅 2021 年报告，在家庭、餐馆或超市等被丢弃的食物重量每年超过五百万吨，相当于每人每天把一小碗的食物丢进垃圾桶里。然而，贫困正在向日本各处蔓延，厚生劳动省《国民生活基础调查》（2022）显示，日本超过一半的家庭觉得"生活困难"。日本贫困层的特

疫情期间，部分用心的居民在袋子上标记"使用过的口罩"。

点是"相对贫困"、不太容易看见，故此很多时候不会被官方捕捉到，也得不到扶贫政策。食品分发中心虽然无法根治贫困，但至少可以当作应急对策，也能减少资源和食物的浪费。

"每逢初秋，我去回收垃圾都会看到被扔掉的大米，完全可以吃的。那是因为有人爱吃秋季新米*，新米上市后就把古米扔掉。一袋好好的大米，对某个人来说那是垃圾，但对另外一个人来说那也许是宝贵的食物。我跟你说，世上没有所谓的垃圾，但把它扔掉就变成垃圾了。垃圾就产自于我们心中的傲慢。"

前几年一个秋天，我参加了一场"可持续发展目标"主题的讨论会。由泷泽秀一主讲，这是他在会中说的一句话。听起来在说垃圾，但若知道这个人是怎么走过来的，你就会觉得，那也许是他对人生种种相的一个表态。

---

* 新米（shinmai）为当年新收割的稻米，古米（komai）则为陈米，即收割后超过一年的稻米。

参加 2002 年迷笛音乐节时的香取义人。当时他就职于上海,为了参加音乐节特意来到北京。(摄影:田鸡)

CHAPTER 03

中国摇滚编舟记

——

专访 CHINESE ROCK DATA BASE 创建者
香取义人

香取义人
Katori Yoshito

1976年生于日本茨城县。著名网站CHINESE ROCK DATA BASE 的创办者兼管理者。1998年至2000年留学北京，在中央民族大学学习汉语。2001年毕业后辗转于上海和青岛，现居缅甸仰光，任职于服装检验公司。

———
CHINESE ROCK DATA BASE：www.yaogun.com

七八年前在北京，我跟朋友一起去看演出时，聊到一个日本人制作的神奇网站。它搜集了关于过去中国摇滚音乐人的几乎所有资料，哪怕是生命短暂的小乐队或根本不会出现在搜索引擎页面上的校园乐队，保证你在 CHINESE ROCK DATA BASE（中国摇滚数据库）这个网站上都能找到信息，甚至是哪年哪天曾在哪个酒馆演出，简要翔实。不少人一开始也没有抱多大的希望试着检索，竟然找到自己曾经听过、爱过或加入过的乐队名称及演出记录，不禁啧啧称叹。然而遗憾的是，这个 2000 年创立的网站停止更新于 2012 年 2 月。也正是因为如此，CHINESE ROCK DATA BASE 带着一种神秘感，就像在网络大宇宙里的一艘巨无霸老船，运载着无数的回忆和热情，默默运行。这个网站和上面的大量信息会随着时间的漂流渐渐远去，直到服务器到期便从我们面前消失吗？

　　该网站的创建者是香取义人，我第一次联系到他是在 2018 年初夏。他刚好有计划回日本度假，且他的老家和我父母家离得很近，我们选了一个平日约在车站检票处见面。虽然人过四十，他面容儒雅温和，清瘦的身躯穿着小格子衬衫，充分保留着学生气。我们找附近的咖啡馆坐了下来，聊起"日本第一中国摇滚网站"这十多年的风波。

留学初期的"北京洗礼"

香取义人1976年生于日本茨城县，离东京约一个小时的电车距离，依山傍海，拥有丰富的自然景观。他在长大的过程中接触到的海外因素并不多，但自小喜欢《三国演义》，上大学之前在日本电视台上看到崔健的MV《飞了》之后深受震撼，认定这就是"真正的"摇滚。"那您当时对日本摇滚的看法是？"他笑盈盈回道，当时的日本摇滚乐队他虽然觉得很不错，但大都在大公司设置的那些条条框框里，整体来说和歌迷的距离没有中国的那么亲近。升入大学时，他自然而然选了东洋史（在日本学术分类中主要指中国古代历史），在1997年大三的夏天第一次踏上长年憧憬的中国大陆之地。

"后来我成功申请到长期留学，1998年3月到2000年1月在中央民族大学学习汉语。"在采访中被问到事情发生的年份，香取义人每次的回答都附带月份，让人感觉他记性极好，做事又细心。在他的回忆中，留学期间的北京特别好玩，他顺利交到了当地许多朋友。但不料，他来中国不到一个月就遭遇交通事故：

"这所大学的中国学生来自不同地区。当时跟我要好的朋友有两个，一个维吾尔族的，一个回族，而且他们都喜欢摇滚。1998年4月，我从他们那里得知有场摩登天空主办的摇滚演出，一张票五十元。按当时的物价来看是相当昂贵，但我们还是决定去看。当天傍晚从大学出发，正要过马路到对面时，我被面包车撞了。"

朋友急忙叫辆出租车，把香取义人带到西直门的诊所。虽然身在疼痛和慌乱中，但他清晰记得当时的情景，诊所的大夫吃着冰棍给他看病，给他留下深刻印象。不知道因为他的外国人身份，还是因为诊所本身的规模之小，大夫说这里应付不了，于是他又上了救护车被载到中日友好医院，一住就是一个月。

"幸好没骨折，但被撞得还蛮严重的，所以每天都得躺着不能动，只管养好身体。那时候我有一台VCD光盘播放机，在床上整天观赏中国摇滚乐队的各种MV。"过两个礼拜，医生建议开始运动做康复锻炼，于是有一段时间香取义人经常走到医院旁边的小路，看看别人摆地摊卖东西，锻炼身体的同时提升语言沟通能力。最后他在那条街上收集到的摇滚磁带和唱片，成为了日后制作网站的部分基础。至于那位面包车的司机，后来送来了两串香蕉。"其实事发时我并不在斑马线上，知道跟他吵也没有优势。而且出国前我买过海外保险，这次的医疗费全部可以报销，所以我们双方就这么了事了。"

CHINESE ROCK DATA BASE 第一版的诞生

CHINESE ROCK DATA BASE 就在九十年代末的这段留学期间萌芽。1999 年香取义人认识了北京师范大学的留学生伊藤先生，对电脑操作颇有研究，此人回国后在 IT 行业崭露头角。因为中国摇滚这个共同爱好，两人聊得非常投机，不久携手主办"摇滚 ML"。ML 是 mailing list（邮件列表）的简称，是互联网上较早期的社区形式，在里面登记成员的邮件地址，只要有一封邮件发往这个地址，列表上的成员皆可收到，以便进行话题讨论、共享文档。

"当时我们的摇滚 ML 成员一共就两百多吧，日本人和中国人都有。其中最活跃的，比如发言频率较高或共享信息次数较多的大概有十个，我是其中之一。其实喜欢中国摇滚的圈子不大，若想获取相关信息，这个 ML 算是一个很重要的渠道。上世纪九十年代日本唱片公司 JVC 在日本发行过黑豹等中国摇滚乐队的唱片，我们的 ML 成员中就有这家公司的员工。"

香取义人在留学期间已经搜集到相当多的磁带和光盘，为了系统性地把握自己的收藏品，他开始用 Excel 软件做统计，主要把乐队和专辑名称、音乐人、发行公司和发行年份都记录下来。伊藤先生得知这个消息后，建议香取义人把这些数据放在网络上，方便快速找出信息，又能与人共享。于是两人花了几天工夫草草做出第一版 DATA BASE，上面约有一百张专辑的信息，用户输入音乐人或者乐队的名字，即可显示出唱片名称。

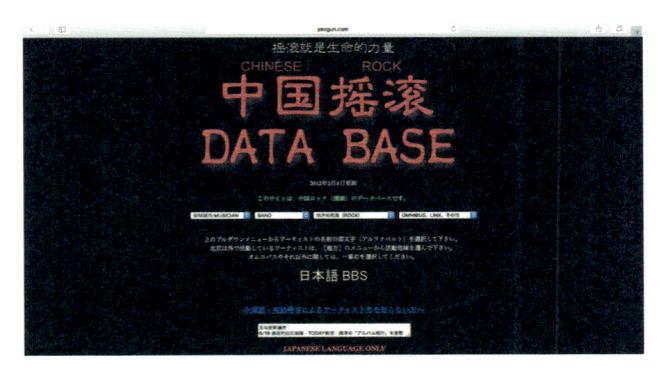

CHINESE ROCK DATA BASE 主页。

13 000 支乐队！等待诞生的第三版

香取义人 2000 年回日本，此刻的他已经掌握网络管理技术，DATA BASE 也升级到第二版，即 CHINESE ROCK DATA BASE 现有的版本。分类方式比第一版更加细致，收录的音乐人范围扩大到全国各地，还为每位音乐人设有独立的介绍页面，页面中有音乐人的官方网站。这些信息详细到有人怀疑他是个"间谍"，对此他感到有些无奈。

"我搜集信息的渠道没有特别的，一开始是磁带或唱片上的信息，后来大家在网上开设个人网站或博客，我就一个一个去查，把相关信息记录下来。同时我自己看演出也多，慢慢认识了乐队成员，透过和他们的聊天能够了解到业内最新动向。现在的线上信息比过去多很多，微博、豆瓣和微信公众号，还有各种各样的音乐相关网站，只要能够把这些信息记录下来，我的网站内容就够详细的啦。曾经还有几个人建议我出书，但我个人认为这个内容不太适合做书，因为纸质书没法更新，它的内容就停留在截稿时间。我又没有打算利用这个网站赚钱，所以当时就没有做成书。"

经营了十多年的网站在 2012 年停止更新。其实不是因为发生了什么，也不意味着他对中国摇滚失去了热情，而是相反。在停止更新的时间里，他还默默为网站的服务器续约，依旧勤勤恳恳地搜集更多的资料，在上海的房子里堆起来的唱片也越来越多。

香取义人目前居住在仰光，担任一家中国服装检验公司缅甸分公司的总经理，妻子在上海留守。他每天的工作非常繁忙，晚上 11 点回家都很正常，这次采访的前几周也经常为了工作熬夜通宵。让我特别佩服的是，他在这么忙碌的生活中还在准备第三版：收录 13 000 支乐队，加上 2200 位音乐人（含吉他手、鼓手等），唱片信息高达 2800 则，还有 1000 多首 EP[*] 的信息。现有的第二版网站搜索方式比较简单，用户点击一个字母或分类项目后便跳到相关网页。新版本在功能上将更加便利，信息搜索方式类似维基百科，输入关键词即可搜到网站内所有相关信息。

"有时候我想，要不找个朋友一起运营这个网站吧，但在日本的朋友当中真正喜欢又懂中国摇滚的并不多，所以目前还是我

---

[*] EP，迷你专辑（extended play）的简称，介于单曲与专辑之间的音乐发行形式。

一个人在做。而且我有一种'匠人'般的性格，心里有非常明确的底线，在新版本达到自己想要的水平之前，就不愿意公开。第三版的构思和准备在 2011 年就有了，主要因为这些原因拖到现在。不过，已经有很多乐队和音乐人的网站在时代潮流中关闭或消失，他们的轨迹、信息和照片现在就只在我的网站上了。中国摇滚这些年一路走来的历程，就在我的网站上。我也有种责任感要把自己的网站维系下去。"

相信音乐的力量

我个人看演出的次数不多，但因为在东京打过工的咖喱店有几位同事是做音乐的，我偶尔会去看他们的演出。有时候台上和台下的人数没差多少，身为观众的一员会感到一种压力，但到最后会觉得这种演出也不赖。它留给你的，是跟着好几万观众一起看的大型演出给不了的亲密感，并且这种感受会持续很久。原来，"僧多粥少"在感情上也是成立的：听众少，反而会使每个人收获的情感体验饱和度提升一些。香取义人看过的演出之多是我根本不能比的，上述类似的经验和感受他更明白。有的乐队只有十几个观众的时候他也去看演出，结束之后聊几句、喝一杯，渐渐培养起真诚的友情。直到这些乐队拥有成百上千个观众的时候，队员看到老友香取在现场，会在台上高兴得喊他的名字，这给他带来的不仅是一种骄傲，更重要的是归属感。同时香取义人从中明白，音乐原来能如此打动人，人和人之间的沟通透过音乐更加容易起来。我们聊到近年的大型音乐节时，他分享了一段 2003 年 10 月的迷笛回忆：

"现在的音乐节人数轻松达到两三万，而当时的迷笛规模只有两三千，地点在香山附近的迷笛音乐学校广场。2003 年是可以免费入场的最后一年，也就是音乐节保留原汁原味和自由风格的最后一次。那年我已经开始上班，为了迷笛专程从上海去北京。有一个叫 BRAHMAN* 的乐队上台，有些年轻人开始向他们扔水瓶和鸡蛋，因为他们是日本乐队。我当时就在会场靠前面的位置，目睹鸡蛋飞到台上的情景，也不敢说什么或表个态，毕竟我手里有单反相机，那是我的宝贝呀。而台上的乐队不顾这些，毫不停歇地继续演出，充分表现出他们的经验和技术，最后现场氛围也被他们的态度和精神感染了。那时候我深深感受到音乐的力量，音乐确实能触及人们的心底。乐评人颜峻先生写过一篇关于当时的回忆，网上应该还能搜索到。"

见证中国摇滚这些年历史的香取义人对摇滚的热情似乎永远不会变。虽然他对中国音乐市场的快速成长和商业化感到有些遗憾，但也发现了新的希望。

"我被公司派遣到仰光上班是 2014 年 7 月。按个人感觉，刚好从那段时间开始，中国的音乐市场有了巨大的变化。我在中国的

---

* BRAHMAN 乐队，日本著名摇滚乐队，1995 年在东京成立，1996 年 11 月发行第一张专辑 Grope our way。核心成员为主唱 TOSHI-LOW，至今陆续也有演出和录音活动。

时候音乐市场处于萎缩阶段，唱片卖不出去，音乐杂志陆续停刊。而现在音乐节遍地开花，规模稍微大点的公司都想办这类型的活动，据说办一次音乐节可以赚成百上千万人民币。音乐人也是，只要愿意和公司签合同，就能有可观的收入，收入水平肯定超过日本普普通通的乐队。过去在中国玩摇滚的大家普遍没钱，吃饭喝酒都得向朋友借钱，也算正常。和那时候相比，现在的变化实在太大了。"

"商业化的影响难以避免，但另一方面，这些年的中国摇滚有了更多不同的风格，试图到海外发展的年轻人也多起来了。我看，这些'走出去'的摇滚乐队中目前还没有真正成功的。这原因可能来自风格问题，一般中国乐队是学欧美的，还没有到真正发挥出自己风格的阶段，其实这个问题日本乐队都有。不过，也

北京魏公村的网吧，摄于2002年。1998年4月香取义人在这里看到子曰乐队（1994年成立）的演出，这是他第一次在中国看现场演出。

SKO 乐队（已解散）和香取义人，摄于 2007 年。(香取义人提供，右同)

和瘦人乐队主唱戴秦的合影，2007 年 11 月摄于上海虹口足球场。

2002 年跟新裤子在一起，摄于北京。

沼泽乐队和香取义人，2016 年 1 月摄于广州。

有一些乐队如杭盖有马头琴，会吹潮尔，还有呼麦手，他们经常被邀请到海外单独演出。他们的音乐可能更靠近世界音乐，但我很期待以后在中国摇滚界出现这种独特风格的音乐人。"

老乐迷眼里的《乐夏》

在日本当面采访他不久后，《乐队的夏天》开播，我发邮件给香取义人问其感受。这时他身在公司所在地的缅甸仰光，他在邮件里说抱歉复信太晚，缅甸的网络很不稳定，刚刚快写完邮件的那一刻又停电了。于是我们改用手机软件通话聊《乐夏》，他说这个综艺节目对自己来说算是一个难得的机会，新裤子、面孔或痛仰，那些很熟悉的乐队的出现让他非常开心。

"譬如1996年成立的新裤子，他们是非常独特、带有一种幽默感的乐队，带有波普风格，声音和乐器音量不是特别大。可能也因为这个原因吧，他们上《乐夏》时的风格和现场的表演反而没有太大隔阂，在我脑海中大约十五年前的现场风景一闪而过，想起很多回忆，蛮享受的。还有我喜欢的面孔（1989年成立），现在算是老牌乐队吧。他们的风格属于重金属，一般来说是不太会受欢迎的类型，以前的演出都在酒吧或live house等地方，上完《乐夏》第一季人气飙升，后来在北京展览馆演出。在那么大的地方单独表演对他们来说还是第一次，知道这个消息我也很高兴。"

"痛仰乐队的变化有点出乎我的预料。这支乐队的原名叫痛苦的信仰（1999年成立），可以说是和新裤子同期，他们当初的风格属于硬核，很地下。你听一下《不》就知道，这是初期的名作，我去看现场是十多年前吧，观众热血沸腾，燃炸了。痛仰大概在2010年开始人气直升，演出票价涨了不少，等他们参加录制《乐夏》时已经是摇滚大咖了。我发现痛仰在《乐夏》里的表演速度变慢，还带有一种歌谣风格。对此变化，作为一个老乐迷不得不说有点遗憾。"

本人对中国摇滚的了解，就停留在九十年代末在川大留学生楼用磁带听的那几首。所以至今一说起摇滚，脑子里出现的还是崔健的那句："我要给你我的追求还有我的自由，可你却总是笑我一无所有"。《乐夏》与《中国有嘻哈》是在疫情中的那些年最能抚慰我的综艺节目，但同时难免感到一点困惑，屏幕上看到的和自己心中对中国摇滚的印象有些距离。在时间的推移以及"商业诱惑"的影响之下，曾经颇有反骨精神（也因此获取了忠实乐迷）的音乐人看似也都走向了大众化。对此香取义人表示少许遗憾，但同时表示十分理解：

"为了摇滚乐的可持续发展，商业上的成功是不可缺的。从上世纪九十年代说起，有人说1994年就是中国摇滚的顶峰，因为次年唐朝乐队贝斯手张炬不幸去世，他是北京甚至整个中国摇滚圈里最有存在感的一位人物。随后中国摇滚渐渐踏进长期的低潮期。拿痛仰为例，他们来北京之后的生活很苦，住在离市中心很远的郊区，在每月房租两三百元的平房里共同生活，每次演出收人只有几十块钱，刨去路费和吃饭就分不到几块钱。盗版和网上资源的共享让这些乐队的生存更加困难，当时一个音乐人的出名只能靠上广播节目或电视，但摇滚又很难登上这些主流媒体。

"1997年摩登天空有限公司正式成立，它的出现多多少少拯救了身处苦境的音乐人。虽然这家公司因为他们的商业主义受过批评，但我个人就是这么理解的。创办人沈黎晖又是清醒乐队的主唱，他切身体会过摇滚乐队面临的各种困境，想要创造出大家靠音乐也能生存的生态环境。迷笛或草莓等音乐节成功之后，一个乐队的生存比过去相对容易一些，至少参加过这些音乐节的乐队做全国巡演之类的活动更加容易了。我觉得对整个中国摇滚界来说，也是一件好事。"

在"普通"的延长线上

香取义人2014年被派遣到仰光至今，经历了疫情以及缅甸的军事政变。为了安全起见，在发生内战后的一段时间他傍晚四点半前准备下班，除了上班和买东西之外很少外出。公司的订单量锐减，这反而为他创造出难得的空闲时间，他借此机会开始筹备CHINESE ROCK DATA BASE第三版。"这个新网站曾被部分热心乐迷发现，但因为内容不完整，还需要一些修补，所以我没有正式对外公开。"

他在仰光的住处平时摆着五百多张光碟，每次回中日两地的家他就会换一批。每年新增数百张专辑，对此现状香取义人很自觉地说，"家里主要是我太太打理，以后我买唱片得尽量控制控制。"现在欣赏音乐的方式相当多元化，我说听网上的资源是不是更方便，香取义人坦白说，听那些会感到特别乏味，现在也有些乐队的新歌只发在网络上，他就不那么乐意去听了。音乐数码化和全球化的现在，市场迎来一波黑胶回潮，但香取义人也没能轻松适应这一趋势。

"主要是黑胶比光碟贵。我大概在1997年开始收集光碟，当时一张五十到八十元，磁带更便宜，一盒才十元。现在黑胶要两三百元，还有更离谱的，十首新歌分开录在两张黑胶，一组四百元。这些黑胶的发行量一般是两三百张，换句话来说，一个乐队在中国的市场规模也就这样，圈子蛮小的，而我就是其中之一。我时常惊讶地发现，中国乐迷很愿意花这些钱，其实我也不是不

缅甸仰光风景。（香取义人提供）

愿意，但经济能力有限。"

可能是因为信号问题，手机传送来的声音总有一两秒的时差。确定他说完话后，我问他有没有彻底离开缅甸的想法，之前在缅甸长期居住的三千多名日本人，发生政变后大部分都回国了。* 而香取义人的声音没有分毫犹豫，淡定地说：

"还是先坚持一下看看吧。我想，这对一个人来说也是锻炼。缅甸这个地方以前经常发生罢工，我刚来仰光不到半年就遭遇罢工，不得不开除工厂的八成员工。那时候的我完全不懂当地语言，和缅甸人接触的经验也几乎没有，但因为当时没有逃避眼前的问题，也从中学到很多，包括和当地员工沟通的方式。现在的社会环境确实不太稳定，我们工厂的运转每个月都会遇到新的挑战，但我相信这段时间会让我累积不少经验。"

听着香取义人的声音，我开始想，他的这种工作态度，以及为一个网站不计较回报的投入，这两者本质上是相同的。将中国摇滚相关的信息凝聚于一个网站上，这个出类拔萃的想法和行动，背后的内核也贯穿在他的日常和上班生活中。

还记得第一次访谈快结束的时候，香取义人说了这么一句话："除了摇滚，我没有什么特别的爱好。其实我也不知道这样做下去好不好。可能应该像大家一样让自己的生活更多样化才对。"那可能是他的真心话，也可能是一种谦虚的表达。一个普通日本大学

---

* 据日本外务省《海外在留邦人数调查统计》（2023 年 10 月），在缅甸居住的日本人已恢复到两千三百多。

香取义人和仰光当地员工。(香取义人提供)

生来到中国大陆,遇到"真正的"摇滚,与其同步成长二十多年。虽然自己不会玩音乐,但他透过自己的钻研和编纂,给自己创造出独一无二的立足之地,在看似广阔无垠的中国摇滚界,为未来的听众和曾经漂泊在这片海里的音乐人维护着种种回忆和热情。我忍不住说,难道这不叫幸福吗?他对此没有直接回答,安安静静地淡笑着。

老年人专用便当。(出自"Bento is Ready.")

CHAPTER

04

老太太，便当准备好了

—

专访独立摄影师
福岛淳史

福岛淳史
Fukushima Atsushi

1981 年生于神奈川县。2004 年毕业于大阪艺术大学摄影专业,2006 年毕业于东京综合写真专门学校研究科。在 2004 年至 2014 年之间做便当送餐员,2018 年至 2021 年务农。2021 年参加富士胶卷公司举办的摄影活动 GFX Challenge Grant Program,次年单独纵走日本并进行拍摄。现居大矶町,目前靠务农为生并继续相关的拍摄。摄影展览有 2004 年 SCOPE(东京)、2008 年"摄入食物"(食を摂る,东京)、2013 年"便当之味"(弁当の味,东京)等。2019 年以"Bento is Ready."获 KG+ 摄影奖大奖,2020 年以同名作品系列参加 KYOTOGRAPHIE。2021 年出版摄影集《我把便当送到独居老年人家里》(ぼくは独り暮らしの老人の家に弁当を運ぶ)。

www.fukushimaatsushi.com

便当（弁当，bentō）在日本是贴近日常生活、又带有符号功能的存在。它陪伴孩子成长，扮演着表达对家人的关爱的角色，也是暖心治愈小故事的载体。而正因为离不开庶民生活，它还能细致入微地——或者更加苛刻地——表现出不同处境：便利店的便当默默守护着打工人的生命；超市晚间的半价便当是低收入群体的重要支柱；去一趟百货商店的美食街区，能观察到百花齐放的便当发展现状，但价格相当于便利店的两三倍，这里人最多的还是关门前一个小时的促销时段。还有"铁路便当"，能让人边欣赏窗外风景，边品尝当地特色菜肴，这是旅行中完美的搭配，也是上班族出差途中小小的欣慰。

我曾在京都国际摄影节（KYOTOGRAPHIE）上看到一张图片，占满画面的是一位笑眯眯的老奶奶，看起来豁达又慈祥。这场展览名叫"Bento is Ready."（便当准备好了。），展出的是摄影师福岛淳史的作品。他曾经当了十年的送餐员，每天骑着摩托车把便当送到独居老年人的手里，其间拍出他们的生活情景。因为与这个系列作品的偶遇，我才意识到还有一种自己一直忽略的、

2020 年"Bento is Ready."展场，第一空间。

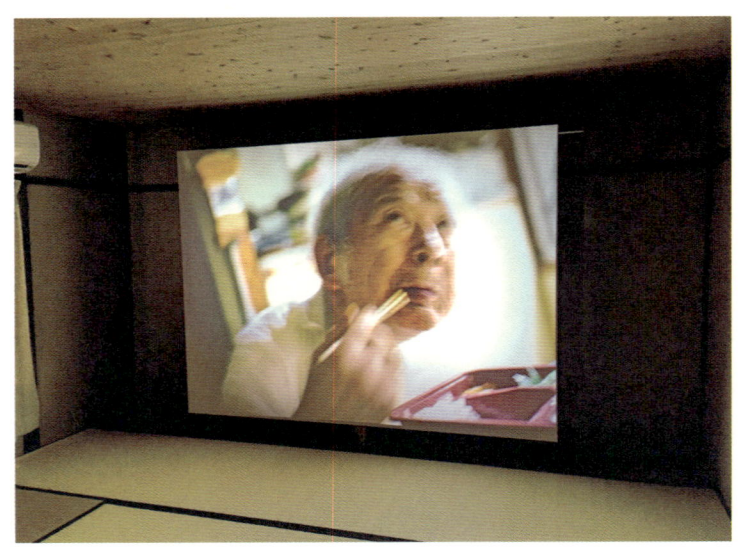

第二空间。

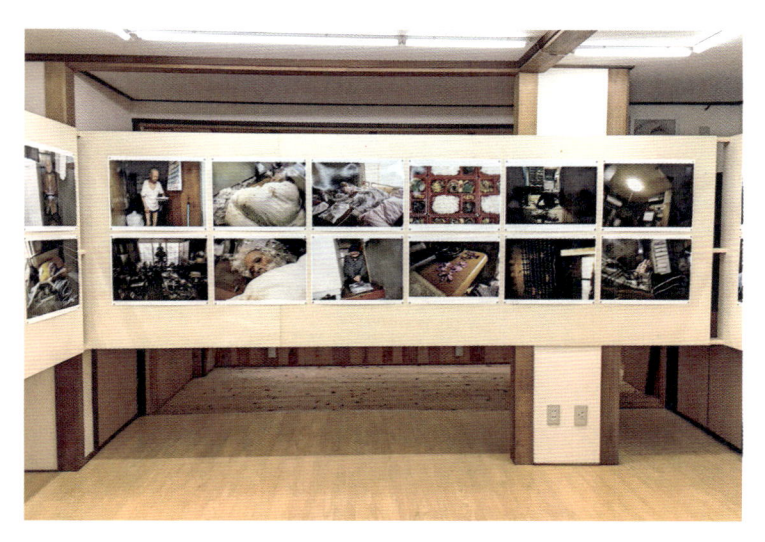

第三空间。

第四空间。福岛淳史说:"这位老太太基本上已经没法进行有逻辑性的对话,但她的笑容非常好看。"

但其实已经很普遍的便当，那就是老年人专属的"宅配"便当。

日本的老龄化不断加剧，推广陪产假、增加补贴等鼓励生育政策也未能扭转这一趋势。商业模式快速反映现实——宅配便当是配送到家的熟食午餐盒，保持营养均衡和卫生的前提之下，还根据每位高龄者的身体状况调整蛋白质、油脂或糖分等营养的摄入量，主食、蔬菜或肉类若需要都会煮到软烂。每餐热量控制在五百大卡左右，价格在五百日元上下，与便利店的便当没差太远，相当于人民币二十四元。每当我回父母家，早上打开信箱拿出报纸，都会发现一起被塞进来的几张宣传单，除了宅配便当，还有护理服务或养老院的参观邀请。边研究传单边暗中盘算，到我那个时候，该存多少钱才能安心养老呢。

翻开报纸，不管是经济、社会甚或娱乐版面，都已经离不开老龄化的影响。我们多多少少都会担心身体机能的衰退、生活起居的不方便、子女的不关心、孤独或老年期抑郁。乍看之下，福岛淳史的该系列作品也属于类似主题的深度报道，但顺着展览的布局看到最后，心中留下的是从没有过的力量和温情。那似乎是这位八〇后摄影师发出的信号，微弱，但带着确信，他不怕被误解又有些任性地把这张笑眯眯的老奶奶放在最后。从京都回来之后，我很想搞清楚这个信号发源自何处，于是在一个春天下午来到一座海边小城市，并与他促膝长谈。

"你开不开心？"

福岛淳史 1981 年生于神奈川县，成长于面向太平洋的大矶町。那是一座海边的安逸小城，离东京约七十公里，坐电车往南走，经过横滨、镰仓和江之岛即可抵达。明治十八年（1885）这里出现了日本第一个海水浴场，1896 年时任首相伊藤博文在此建造别墅"沧浪阁"[*]，次年他还把户籍从东京移到大矶。随后开始有政治家纷纷前来诣阙，使得这座小镇成了"明治政府的内厅"，也有不少官僚和文人在此地购置房产。也许因为成长于这种恬静又悠然的环境中，福岛淳史虽已过不惑之年，但身上还留有小孩般的小调皮气息，给人印象特别亲切。

福岛淳史在大矶念完高中，之后升入大阪艺术大学写真学科。选择摄影的理由很简单："我是属于文科的，但对经济、经营这方面完全没有兴趣。而摄影这门学科自己感觉还行，也比较有趣，就选了几所设有摄影课程的大学报考。"

2004 年福岛淳史顺利从大学毕业。不少同学选择在摄影工作室就职，但他还想继续探索自己的摄影风格，为了给自己一段"暂缓时间"，便选择升入东京综合写真专门学校研究科。他当时的主要拍摄对象为城市风景，在东京和大阪两地办过个展 SCOPE，意外遇到当今摄影界大师荒木经惟。

"那天记得他问我拍这些照片开不开心。我就回道，是呀，

---

[*] "沧浪阁"一名取自《楚辞·渔父》。

我挺开心的。(笑)那时候我太年轻又不懂事,也很热血,性格比现在更尖锐一点,就这么说出一句刺激人的话。不过到现在我才开始明白当时荒木老师为什么问我这个问题。也许他看得出我的迷茫。还有一点让我印象更深刻,那天荒木先生回去之后,我发现芳名录上有他的名字。听说他一般看展都不会留名字呢。"

受到大师无声的鼓励,福岛淳史感到无比骄傲。但尚未能靠摄影为生,在生活和学费的压力之下他只能打工解决温饱。他翻阅杂志找招聘信息,注意到一行字:"这是为老年人送便当的工作。"现在关于独居老人的报道屡见不鲜,但2004年大家刚开始谈起这方面的话题,他之前也没想到还有这样的一份工作。工作地点是川崎市[*],离当时的住处比较近。于是,他决定应聘这个岗位。就这样,二十二岁的福岛淳史成了一名便当送餐员。

雇用方是一家小小的便当生产公司,兼顾护理服务功能。虽然是家庭式的小工厂,但卫生管理相当严格。负责制作便当的员工在上班前用刷子洗手,手指、指尖和指甲都得洗刷干净。头发全都塞进帽子里,套上手套和白衣工装之后喷酒精消毒,这些标准流程完毕后方可进入厨房。食品是已经加工好的,真空包装后冷冻保存,用开水烫下即可食用。员工把食品盛入一次性塑料便当盒中,要快速、均匀又好看。每天的生产数量是固定的,中午做五十多个便当,晚上将近九十个,做出来的便当马上由三个送餐员骑摩托车配送。

---

[*] 川崎市位于神奈川县东北端,与东京都相邻。

从没想到的"日本"

　　福岛淳史上班第一天，由老板亲自带他拜访客户，一共十几家。他负责的中原区属于较老的住宅区，前几年开通一条新的电车路线，随后陆续出现高层公寓，一时间展现出泡沫经济般的活力。但稍微仔细观察便会发现，林立的高楼之间还有一些老旧的小屋子，平时也不会引起过路人注意，也看不出到底是否仍有人居住。福岛淳史的客户一般都住在这些旧房里。送餐过程中老板嘱咐说，便当必须送到客户的手里，这样才能确认对方是否安好。替家人确认此人安否，这也是送餐员的任务之一。为了完成这份任务，公司与部分客户事先沟通好，把钥匙交给送餐员或放在智能钥匙柜里，若有需要送餐员可以开锁进屋。

　　"您好！我是护理服务机构派送来的。给您便当，请帮忙开门。"发出的第一句很少能得到回应。也许老人家在二楼，哪怕听到福岛淳史的呼叫也没法马上下来。或者干脆睡着了，也有可能在屋内摔了一跤站不起来。有的还患有轻度阿尔茨海默病，见过多少次也想不起来这个小伙子是来干什么的，福岛淳史只得耐心重复解释自己来访的目的。一开始他有点担心被邻居听到或打搅到他人，但是没多久就觉得无所谓了。面向安静无声的房屋，他再次扬声大呼："您好，我是来送便当的，您开门好吗？不不，门锁着呢，我进不来。我是护理服务机构的，请您开门好吗？"

　　门一开，便传来一股难闻的气味。也许因为长期没有开窗通风，空气有些浑浊，房间里的物品特别多。大多数人因为高龄或其他原因行动不便，走到门口都很费力，更不用说自行打扫。后来他察觉到还有一种味道来自他们常用的药物，患有同样病症的人，他们的房间就带有同样的味道。

"上班第一天简直是一大冲击。我就想，哇，这种地方还有人住呀。真心没想到我所生活的日本是这样一个国家。日本是全球最长寿的国家，政府也会保障老年人的生活，我以前是这么理解自己的国家的。所以脑子里也不知不觉中形成了所谓老年生活的概念，在海边慢慢散步、和老伴赏花喝茶的那种。但我工作中看到的现状和我所理解的日本，两者之间差太远了。"

当时有一股怜悯之情涌上他的心头。与一家公司签约，请

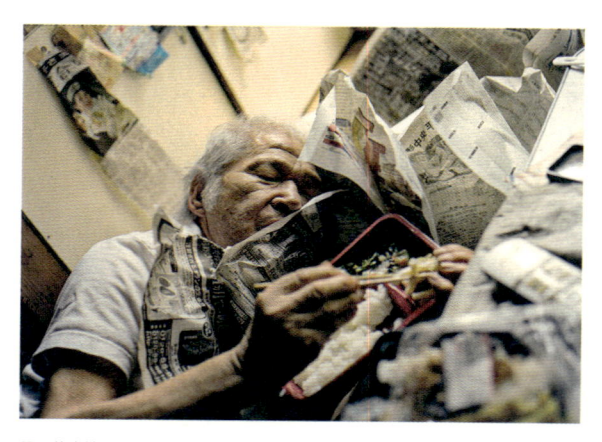

因不能支撑体重，有的客人在地上铺报纸吃便当。老年人的看护需由专业人士进行，采购和清理由护工负责，送餐员不被允许帮助老年人。"不过有时候我还是会帮忙。"福岛淳史说。(出自"Bento is Ready.")

护工上门护理，每天有人送便当上门，说明客户并不属于贫困阶层。可能算不上是上流阶层，但每月可以领到一笔养老金，由本人或子女安排所需服务，这不就是我们认为的普通人的老年生活吗？但在福岛淳史的眼里，他们的生活状况怎么看也是令人失望和沮丧的。甚至他对未来的预想和期待都一下子落空了。

"那一天我就发现，此前自己对社会的理解太以自我为中心。在潜意识里，我可能一直以为生活会这么继续下去，直到死亡那天都能够保有健全的身体，万一哪天行动不便，国家肯定会把我保护得好好的。但眼前的现实告诉我，之前的这些预想与期待根本是不可能的。"

在门口叫几声却无反应，福岛淳史掏出老板交给他的钥匙开锁进门。为了不弄脏袜子，他踮着脚走到最里面的一间房，透过隔扇的间隙看见老人家的下半身。悄悄拉开门，确认盖在身上的被子上下起伏，他方可放心，得知老人家还在呼吸。墙上的老式挂钟卡兹卡兹地走动，不快也不慢，铭刻着一个人临近尽头前的每一秒。福岛淳史把便当放在老人身边，顺便收回前一天留下来的空盒，轻声打个招呼后便离开。走出门口外，他不禁地深吸一口气。

没法按下的快门

还没真正出社会，二十二岁的福岛淳史就似乎看到了人生尽头。不知道该如何面对即将到来的未来，他只能坚守工作，继续做该做的事。一年三百六十五天，不管是刮风下雨、炎热的盛夏或朔风凛冽的冬季，这个便当无论如何都得送出去，它就是客户的生命线。我问是不是元旦那天也要送，他点点头笑道，那肯定。"若下雪就不能开摩托车，得背着大布袋走过去，就像圣诞老爷爷那样。好重哦。"

他开始这份工作的初衷和摄影没有关系，只是想赚点钱。让他带相机去工作，一开始还是便当工厂老板想出来的点子。

"这份工作大概做了一年的时候，老板建议我要不给客户拍照吧，可以让人家开心开心。出发点就这么简单。我答应是答应了，但还有点提心吊胆，因为拍摄这件事本来是一种冒犯，而且我没能想到要拍什么，让老人家看过来、笑一个吗？感觉也不太合适。"

接下来的日子，福岛淳史上班都会带相机，但都没法面向客人按下快门，只拍了一些上下班的风景。这种悬在半空的状态持续了大概半年，虽然没拍照，但渐渐有了一些互动，透过开开玩笑，或聆听他们的自言自语，他了解到每位老年人的不同个性。

"有一位老太太特别喜欢我，但她的表达方式很委婉。她呢，每次都会准备一个小点心，当我把便当送来时，就会把它悄悄放在桌上。也不说什么。我假装刚刚发现似的惊奇地说：'哟，怎么会出现个小点心呀？是不是给我吃的呀？'老太太笑着点点头，我就当面把点心吃掉。"

老太太，便当准备好了

在规定上，送餐员把便当交给对方后须立刻离开，但福岛淳史有时候会留下来跟他们聊天。

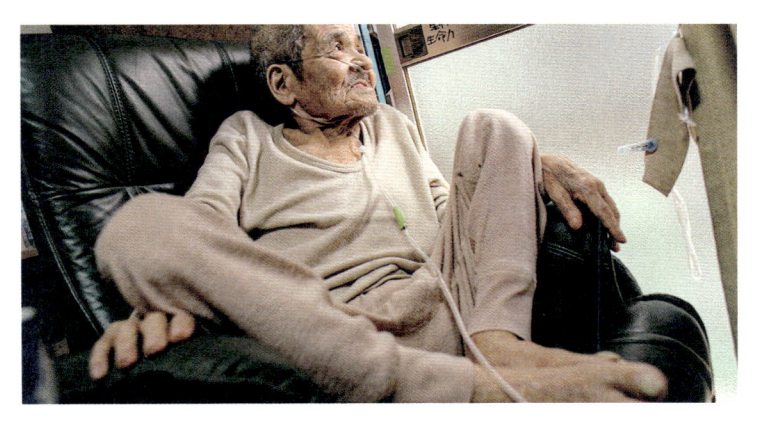

"当时门上写了字（'生命力'）我没注意到，洗出照片后才发现。改天我再到他家，这些字都被擦干净了，没有了。"

"今天星期几呀？"有一个客人问我。
"星期二呢。"我回道。
客人嘟囔着说，离星期四还有段时间。我点头回应，是呢，还有一两天。我知道这位年逾九旬的老年人喜欢看电视节目《金曜七时音乐会》。他失去视力已久，但还能摸着墙自己上厕所，也能拿勺子把食物送到嘴里。他的口头禅是"要好好活下去"，吃便当的时候也经常自言自语道："这些东西，无论如何都要吃下去。"（摘自福岛淳史在京都国际摄影节展览的说明）

整个过程怎么也得要二三十分钟，对一个送餐员来说是严重超时。为了赶上下一位客户指定的送餐时间，福岛淳史不得不牺牲该有的休息时间，但还是很乐意接受这种好意。互相熟悉之后，其他客人也开始托他办些事，去买东西或把明信片投递到邮筒，福岛淳史并不厌烦，反而为此感到有些骄傲。接触的机会多了，这使他对老年人生活的看法没有过去那么刻板。

客人的日常逐渐成为福岛淳史自己的日常，独居老人已经不再是让他感到不安的观察对象，他发现自己不再犹豫该不该按下快门。休息日，他埋头冲洗胶卷，冲印照片，还会去客人那里继续闲话家常。开始这份工作的第三年，他已经有了足够的作品储备，办了一场个展"摄入食物"。

三次逃离

"结果非常糟糕。"福岛淳史说道。

"我看到好多观众流下了眼泪，边哭边看'独居老人的现状'，这场景特别让人沮丧。当时《读卖新闻》给我做了报道，记者其实是夸我的啦，但记者也好观众也好，大家的赞扬都是针对我的。我心里很复杂，感觉自己在利用那些老人家。我发现，哪怕跟对方的沟通做得再好，一旦把相机放在我和他们之间，我就变成了一个摄影师，对方便成为所谓的'独居老人'。"

照片在日文叫"写真"，摄影师是"写真家"。中国南北朝时期《颜氏家训》中有句"写物象之真",意味着绘画上力求表现物象的真实面貌。福岛淳史的摄影也毫不留情地描绘出无法掩盖的"真实",其中还包括"人与房子"两者关系的变迁。

这个主题过去也有不少摄影师以类似的观点进行过拍摄。如筱山纪信的摄影集《家 meaning of the house》(潮出版社),在该书问世的1975年,日本传统家族概念正在高度经济成长的背景下开始解体,以大家族为核心的大房子也堪堪成为"正在消失的"遗物。该书有二百五十八张彩色作品,筱山纪信拜访并拍摄从北海道到冲绳县八重山群岛的各种房屋,草顶房的农家、煤矿工人专用住房、接待国际宾客用的迎宾馆、老旧的木造公寓、公共澡堂以及荒无人烟的废墟。和筱山纪信的《家》对比起来,福岛淳史拍到的可谓是"之后"的现实——摆脱传统概念、故乡和家族的束缚,自由、开放和便利等城市光芒之下的老年人生活。

但我们也知道,摄影这个行为本身和照片上的画面,有时候还会盖住"真情"。有的摄影师在"写真"的两面性之间长袖善舞,但福岛淳史不一样,他陷入了极度的懊恼和自责。

"他们并不是一个人在家里孤孤单单等待便当的老年人。这些老年人经历过人生的种种,比如二战,还有战后的社会大变迁。这些人呢,哪怕不说话,你认真面对他们就会感觉到一种气质。何况我跟他们聊过天,吃过人家给的小点心。但不知为何,一旦把他们拍成作品,这些经历和感情都被淡去。看着照片,你反而会注意到他们房间的凌乱、身体上显得衰老的某一部分,我心底在拍摄瞬间的温情荡然无存了。从技术方面来看，我拍的照片是够水平的吧，有的人会认为这样就不错。但换到我就不行，因为我知道自己还没能把握问题的核心。为什么不能拍出自己的感受，在找出这个答案之前，我就没法往前走。"

就如苏珊·桑塔格在《论摄影》中指出，摄影本身带有掠夺性，会把对象变成一种能够被占有的象征性事物。这种"写真"的无情，就像送便当第一天的冲击一样，穿透了这位年轻摄影师的心。办完这次展览之后不久，福岛淳史离开送餐员的岗位，之后不到一年又回来，却又再度离职。

"这个岗位呀，我一共逃离过三次。离职之后也没什么，就回老家躺平呗，中间试过一次独自骑车旅行，但不怎么好玩。大部分时间卷在被子里看电视打发时间，每天活得像个废人一样。幸好有一个老乡，他应该是看不下去了吧，给我介绍了一个活动项目。有一位环保运动家中溪宏一先生[*]，他带着一批年轻人纵走日本，一路拜访当地幼儿园或小学，跟小朋友一起种树。3月从北海道出发，走到冲绳是9月，纵走日本一般花不了三个月，但因为有活动的关系，整个行程就这么长。我参加了两次，2009年有六七八个团员，2010年中溪先生把团长的位子让给我，团员就少一些了。2011年本来要继续，但因为东日本大地震不

---

[*] 中溪宏一（Nakatani Koichi），1971年生于美国西雅图。在综合贸易公司上班六年后辞职，开始世界流浪十八年。其间遇上保罗·科尔曼（Paul Coleman）——自1990年徒步开始全球种树之旅的美国环保运动家，与其同行种树一年。2004年回日本并开始自己的种树之旅。著有《徒步地球，种植树木》（枻出版社，2009）。

得不取消了。"

当初福岛淳史的角色是记录者,但这两趟旅行实际上是一种"康复",他说回来之后感觉头脑思维清晰许多。我说那肯定是吧,远离大城市的地方城市的小朋友更加朴素纯真,跟他们接触,一起动动手,成年人也一定会有所收获。福岛淳史点头说那是,但又说,实际上他不仅仅是被治愈到,更重要的是这一过程帮他恢复了对社会的信任。

"坦白说,种树这件事情一开始我毫无兴趣。比起活动本身,更让我动心的是偶遇。你想想,有一帮年轻人边走边唱,露营过夜,到一个地方就和小孩混成一团,嘻嘻哈哈地种树,种完树头都不回地走了,后面的事儿啥都不管。看着十分可疑,连我当时都觉得这有点像新兴宗教之类的传教活动呢。(笑)但是,路上偶遇的大部分人还是愿意伸出援手,半年之间我们没怎么花钱就完成了种树计划。就像是祭祀中人们抬着神舆到处巡游一样,只要你有一颗好心,总有人愿意接受它,还把它传递下去。种树活动对整个环境来说是杯水车薪,但面对力量这么微弱的我们,路上遇到的本地人都那么心怀宽广。这个国家好像还行,还可以,这是我这一路的感悟。在这之前我试过单独长途骑行,一路不怎么跟别人交流,那是一场封闭性很强的旅行。开始没多久觉得太累、无聊,我就卖了自行车,坐电车回家了。这两件事综合起来我才明白,你怎么看待世界,世界也就怎么对待你。只要你有颗心愿意和外界交流,对方也会接受你。"

看来这趟旅行对他意义不菲，我于是追问，请你展开讲讲，在种树徒步旅行中，你到底看到了什么。福岛淳史"嗯"一声，歪着头思忖片刻。他的样子给我一种非常"素直"的感觉，这个日语词意味着坦白纯真、心地诚恳。我想，他之所以拍摄老年人后陷入自责，部分原因也来自这一性格。我们当时在一家靠近海边的咖啡馆，据说那是他的高中同学开的。中午过后的阳光透过落地玻璃窗射进来，海边的光线和城里的不太一样，使他的浅色头发格外发亮。

"现在回想起来，在种树徒步旅行中，我看到了一种风景。带有明确目的前进的人才能看到的、金光闪闪的风景。那么到底什么是旅行呢，我有个人的定义。就在没法预知明天后天甚至几分钟后会发生什么的情况之下，还能享受身处其中的、状态模糊的自己。这就是我所认为的旅行状态。"

接着他说，从那趟旅行回来之后有不少人问他最喜欢哪个地方。他完全不知道该如何回答，因为都在走路，一路感觉土地都是连接着的，没有所谓的境界，也没法比较。纵走南北之后，他感觉自己终于能重新塑造自己的国家、自己的日本。

不是死亡，是生命

失去过对外界的信任，经三次逃离和两次"康复"活动，福岛淳史又回到了便当送餐员的工作和拍摄。两年后，他三十岁举办一次个展"便当之味",画廊名叫 KOBE 819 GALLERY,位于兵库县神户市。因为它离大矶五百多公里,福岛淳史也没法每天在场,两周的展期内他打电话给画廊问问观众的反应如何。画廊主人野元大意算是他的朋友,直言不讳道:"来的人要么流泪,要么愁眉紧锁、陷入沉思。我天天在这里啊,感觉下了地狱似的。"但这次的展览与上次不一样,给福岛淳史带来了一个转机。

"透过两次旅行,我的心态有了点变化,但还没能反映到自己的作品上。直到有个朋友,看完这场展览后跟我说了一句话,我就觉得那是一个启示,也是我一直在寻找的答案。他说照片里的风景确实会让人苦闷,因为你会感到近在咫尺的死亡,自己的死亡。但其实,你拍的不是死亡,是生命。听到这句话的那瞬间,我看到整个空间、咖啡杯、周围的顾客和店员都在闪烁,我鸡皮疙瘩起来了,快要哭了,好想大声宣布:终于找到了!我这个人太傻了,这么简单的道理走遍日本两次都还没懂,最后借助朋友才能明白过来。(笑)"

以前拍客人时,福岛淳史习惯性地往后退几步,拍摄尽可能多的背景,并让画面更加饱满丰富。但实际效果来看,这反而强调了老年人的孤独感。他解释道,那是因为自己完全被捆绑于别人对老龄化和独居老人的看法当中,同时在潜意识里,想要拍出符合这些印象的照片。他甚至说,自己一开始在这份工作中感到的苦闷,以至于让自己逃离这份工作的,都来自自己内心中的罪恶感。

朋友的一句终于让他明白，用镜头传达的是他对"生的力量"的崇敬。他和客户的距离越来越近，甚至镜头和老年人之间只有几厘米距离，为了拍出更清楚的表情和细节，原来的135相机也换成中画幅相机。用这么大的相机，又是这么近距离，我担心这样老年人会不会觉得被冒犯，但听完福岛淳史的回答感到有些羞愧，发现自己还没摆脱固定思维。

"他们根本不理会我怎么拍。当然我没法知道客户是怎么想的啦，但明白自己拍的是什么，对准客户时的心情变得更轻松，这又影响到镜头对面的反应，他们也没有什么拘泥了。不管是拍老年人还是充满活力的小孩，让我按下快门的动机是'美'。觉得对方很棒、有型，所以我要把它留下来，这个心态对方是会感觉到的。"

最后的笑容

福岛淳史2014年正式离职时，手里已经有了"五万，或许十万"张照片素材。随后的四年时间里，他虽然没能找到机会公开这些素材，但结婚生子这两件大事陆续发生。他也并不为此焦虑，一切顺其自然，刚好有老友向他推荐当地农业机构"地缘农园"（ちえんのうえん），于是他在2018年从事农业。每周五天，从早到晚，他一点都不厌烦这份体力活，甚至觉得以后再不碰相机也可以。

在采访中，福岛淳史几次感叹道，其实自己就是"无药可救的无用之人"，人生最幸运的一点是人缘好，蒙受好友的照顾。当他转而下地务农时，也是开画廊的友人野元大意不时地鼓励他，给便当系列作品寻找机会，并建议参加京都国际摄影节。

"2019年那次得奖（KG+摄影奖大奖）简直是天上掉馅饼。展场布置是我和野元两个人搞定的，但因为两个人的想法不一样，吵了好多次。最后自暴自弃地决定把作品放在地上，从百元店买来几块海绵垫在照片下，就这样。别人都花好几天才布置完毕，我们就只花一个小时。所以颁奖典礼那天我们根本没有抱希望，还商量过不参加典礼早点回家。但工作人员非要我留下来，没办法。记得宣布获奖那一刻，整个会场的氛围相当尴尬，在场观众没有几个认识我的，福岛淳史是谁呀，简直一头雾水。"

按摄影节规定，KG+摄影奖大奖获得者可以在次年的展陈期间举办个展，福岛淳史为了提交新作品就匆匆忙忙拍起自己正在做的农事。但因为准备时间相对仓促，新作品"农"系列没有通过内部评选，2020年的个展采用原来的便当主题。可谓是塞翁失马，因为"农"没过评选，我才注意到便当系列的个展，看到满幅老奶奶笑容的那一张照片。被问及作品布置的用意，他解释道：

"这是我十年之间做便当送餐员拍下来的记录。这个主题给人的印象首先是一种阴影，是社会投出来的负面层次。换句话来说，这是大家比较容易理解的一种包装方式，我觉得也可以利用一下。如果我过于主张'生命感'，让观众一进来就看见满面笑容的老奶奶，大家反而就感受不到我经历的多层次思考。当初我亲眼看到独居老人现状时的冲击、随之而来的迷惘甚至自责，得追溯到这些才能想象到我后来达到的境界，是吧？所以我把展场分成四个，第一个空间展出早期我最痛苦的时候的照片，第二个空间放了幻灯机，客人房间的情景和细节都投射在屏幕上，与观众共享送餐员面对客人的时空。接下来展示的是近距离拍摄的客人，在这里我希望大家能感受到老年人的生命，最后一个房间是开放性的，只挂了一张，大家面对这位老奶奶的笑容时会想到什么呢，就交给大家了。"

便当之后

如今，福岛淳史作品中的那些客人已不在世。他们温柔的皱纹、家具上布满的灰尘以及开门那瞬间的味道也无影无踪，被高层住宅楼取代，只留在了他手上的照片中。他说到现在，偶尔会把照片摆在自家榻榻米上，"这（些照片）让我决心要好好活下去。他们给我的力量这么大，足够让我在这个模糊不清的世界里努力下去。"

采访完毕后，福岛淳史和咖啡馆店主聊天，我对着窗户看风景。他们的对话我听不清，但能感觉出竹马之友之间特有的轻松。他开车送我回车站，说车里有点脏，来回农地开的都是这部车，不好意思啊。我说完全没关系，我们在车上继续聊他最近的拍摄

老太太，便当准备好了

福岛淳史镜头下的农地。（出自"农"）

主题"农"。

成为农夫的这两年，他说特别喜欢夏天，所有生物都有一种蠢蠢欲动的生命感。夏天里的植物成长特别快，同时也会快速腐烂、死亡，人透过农业和自然成为一体，他在其中感受到一种性感。"灿烂的生命背后啊，这生命的火焰越大，它的影子也越黑。我为什么这么觉得，可能还是受到送便当那份工作的影响吧。"车行驶在海边，拐弯开进小山路，过山就到车站了。

第一次采访结束之后没多久，我收到一份来自福岛淳史的包裹，里面有一本摄影集，名为《我把便当送到独居老年人家里》。书中夹着一张福岛淳史的手写明信片："这种主题的摄影集能够在日本出版是我没想到的。"随后一个周末，我在东京都写真美术馆附设的商店闲逛，正在翻阅川内伦子、花代和深濑昌久的摄影集，发现铺平摆放的一摞摞书籍之间有一处凹陷，心想这是什么书呀，卖得这么好，伸长脖子一看，就是福岛淳史的这一本。本书后来还入围了第46届木村伊兵卫摄影奖。

福岛淳史说得没错，近年日本社会和意识形态有了变化。2008年他举办个展"摄入食物"，当时日本人口中65岁以上的高龄者占比为20.1%，在神户展出"便当之味"系列的2013年为25.1%，2021年出版摄影集时已经接近三成。日本老龄化趋势的加快，使得"独居老年人"不再是特殊或令人震撼的现象，"孤独的晚年很悲惨"等保守的声音也稍微收敛。了解人本来就不容易，不管年龄或生存状态而对其妄加论断，更是损人而不利己，说不定那是隔壁邻居正在过的生活，或许是二三十年后的自己。

但在聊天过程中福岛淳史几次提醒我，他拍摄独居老年人不是为了启发民众或挖掘社会问题。他本人和这系列作品给我印象最深的也不是成果，而是一个作品的诞生，那个从无到有的过程，以及他最后达到的境界让他看见"生老病死"的格外模样，成功透过摄影让我们对"人"本身产生敬意。

我们很多时候太习惯于看结果，高效率和高产出几乎成为争取生存机会的重要手段，然而社会里还有一群人，他们无法放过心中的龃龉，就像福岛淳史几度把自己卷在被子里，不得不停下来探索内心深渊。结果道高一尺魔高一丈，面临更为广袤的命题并陷入苦闷，故此经常会与社会脱节。在极致追求效率的社会里，别人都在自顾自地走，若要原地踏步、反复思考，反倒需要相当强韧的精神。而我相信，包括摄影或文学在内的艺术，都是经得住这种非效率状态的人完成的。经济发达和富裕生活或许可以利用科学技术达成，但富裕之后到底该干什么，活着的意义和目的是什么，我们还是得自己找。这不是单靠智力就能想清楚的，你必须踏出一步，与眼前的人或事产生关系。

福岛淳史的务农生活持续了三年，随后的 2021 年他参加了富士胶卷公司赞助的摄影活动*，并获全球奖及其奖金和摄像器材

---

*　该活动的全名为 GFX Challenge Grant Program 2021（富士无反中画幅 GFX 系列全球挑战 2021），福岛淳史的申请项目名称为"Zipangu——探索原住民"。

的资助。他的计划是以五个月的时间从日本南端的冲绳一路旅行到北海道，与途中遇见的人互动，并拍摄他们"活着"的美好。日本摄影师小林纪晴在1997年也做过类似的旅行，后来将其摄影成果结集出版为《Japanese Road》。新冠肺炎、自然灾害、经济衰退、战争和其他黑暗消息笼罩日本列岛多年，我们的生活和环境，与小林纪晴二十多年前看到的相比，已经产生了无法想象的变化，并且达到令人窒息的境地。然而我们还是尽最大努力抑制焦虑感，仍然在工作、学习、刷牙、吃饭和呼吸。"这本身就是像黄金般宝贵的事情，散发着强大而美丽的光芒。"福岛淳史在出发前说道。

"当时说是这么说，但你也知道，我这个人特别懒。这趟旅行用的鞋子也是出发前一天才买来的，还有些不适，出发没几天脚都被鞋磨破。一路感到特别寂寞，特别想回家，给家人打电话都没用，就想回去。从冲绳走到北海道，中间经过大矶时在家休息了一段时间，我真不想再出发了。刚好得了新冠肺炎，我感到十分侥幸，你猜我最后在大矶待了多久？两个月。（笑）所以整个行程也耽误了两个月。前半段还可以，从冲绳往北走，越走越离家近，这还能接受。但从大矶再出去一路向北，就离家越来越远了，让我真心难过。但这次摄影中，我明显感觉自己的交际能力提升不少，也会抓住机会了。找到了自己觉得很不错的场景就绝不退缩，尽可能地与对方沟通，把它拍下来。我可以确定，这是那十年之间面对客人、拍下便当那个主题的成果。"

后来我再次和福岛淳史约时间聊这几年的变化和这趟徒步旅行中的感受。他继续说道，所以自己不再焦虑了。四五年前还会，周边很多朋友在上班，有了点社会地位，而自己还是个打工仔。但发觉到"那十年"也确实给自己留下了痕迹且变成自己的存在价值时，他就认可了自己，轻松放下了"那边的"竞争。"也许年龄也有关。都四十多了嘛，还能怎样。"福岛淳史笑道。

　　徒步旅行计划已经在 2022 年秋日完毕，并在东京举办成果展，目前准备出版。福岛淳史平时在农场打工，现在工作的农场非常市场化，工作安排相当紧凑，但他喜欢。不上班的时候整理图片，写徒步旅行的纪行文，他说"花了一年才写到一半呢，你慢慢等着吧"。"农"的主题也刚拍完，福岛淳史强调说，那可不是"晴耕雨读"般悠然自得的田园生活，而是激发所有生命体的激烈的冲突和对抗。他拍的是夏天的农活，冬天不拍摄。一个摄影师这么长时间不碰相机也需要一点勇气的，但他也在学习驾驶自我的方法，知道为了拍出夏天的农活，不拍摄并默默干活的日子也很重要。"摄影呢，是一种个人竞技。这很适合我。而且我只会干这个。"

《我把便当送到独居老年人家里》。

"人都会老去,也会失去控制自己的能力,其中最为甚的是死亡。但我看到的并不是即将到来的死亡,而是活着的人。'活着'这件事多么顽强、柔韧。我的客人一边感受着死亡的气息,一边维系生命。这是多么孤独和恐惧……每天送便当的我,也都能感觉到。尽管如此,客人对我很温柔,用心聆听我说的冷笑话。我把镜头转向他们时,他们透过镜头看我。此刻我仿佛看见自己离开之后一个人吃便当的客人。从窗户射进来的光线会温柔地照在他们身上,照出来强烈的生存本能。我觉得这很美,所以才会按下快门。对我来说,每位客人都不是总有一天我也会成为其中一员的可怜可悲的人,而是希望本身。"(摘自《我把便当送到独居老年人家里》)

长时间卧床的独居老年人。(出自"Bento is ready.")

福岛淳史在个人网页上说,自己通过农事感觉到自己即自然。(出自"农")

纵走日本看到的风景。(出自"边走边拍日本人")

高山建筑学校。

CHAPTER

05

为未来两百年的"纯手工"大厦

—

专访一级建筑师
冈启辅

冈启辅
Oka Keisuke

建筑师，舞踏家。1965 年生于日本福冈县柳川市，1986 年毕业于有明工业高等专门学校建筑科。曾就职于建筑公司负责住宅设计，也做过工地工人。1988 年起参加高山建筑学校（岐阜县）至今，1995 年在高圆寺（东京都）开办画廊"冈画郎"至 2003 年，其间以舞踏家和栗由纪夫为师学习舞踏。2005 年在东京港区开始搭建混凝土建筑"蚁鳟鸢勒"。著有《Baberu! 自建大厦的男人》（筑摩书房，2008）。

建筑师安藤忠雄曾经说过,"混凝土"是代表二十世纪的建筑材料。他多采用的钢筋混凝土结构在日本常被称为"RC 造"(Reinforced Concrete Construction),房子刚性较大,它在 1923 年关东大地震之后开始取代砖造房屋,上世纪六七十年代已经非常普遍。RC 造住宅的日本法定使用年限为四十七年[*],但按照抗折强度、环境等不同因素,实际上的耐久年数可以达到一百年或以上。

在邻近东京塔的东京都港区,有一个四百米长的斜坡"圣坂"(Hijirizaka)。从地铁三田站出来走路五六分钟即可到圣坂,慢慢走上两百米即可看见一座名叫"蚁鳟莺勒"(Arimasutonbiru)的钢筋混凝土建筑。这是建筑师冈启辅从 2005 年开始搭建的自家房屋,2018 年我第一次采访冈启辅,当时这栋楼虽然还在施工中,但它已经散发出宛如巨型生物般的存在感。采访那天,冈启辅发来短信说自己还在吃饭,请我稍微等一下。因为那天太阳比较大,

---

[*] "构造耐久年数"根据日本建筑学会所定的《混凝土施工标准规定》计算得来。"法定使用年限"为税法范围内的规定年数,按固定资产的种类、构造以及用途有所不同。

我站在对面的神社树荫下观望这栋楼。短短二十分钟内不少路人驻足,有的仰头往上看,有的拍照或从大门伸头探看里面。

我从树荫下走出来,过马路到这栋楼下门口。地下一层至地上四层,其外层凹凸不平,带有各种形状的窗口,墙壁上还浮雕有几何形图文。若说安藤忠雄用混凝土写的是静谧且带有克制感的一首诗歌,这栋建筑或堪称用混凝土做出来的舞踏,或是凝固的激情。冈启辅有个绰号"三田的高迪",因为这栋楼让人想起西班牙的圣家族大教堂。而在我眼里,这栋楼更像是"邮差薛瓦勒的理想宫",或者是在高知县的泽田公寓。前者为百年前费迪南·薛瓦勒在法国南部耗时三十三年亲手建造的宫殿,后者是泽田嘉农和妻子裕江携手"自建"(self-build)的钢筋混凝土集合式住宅。冈启辅的蚁鳟鸢勒也是自建房屋,但与前两者不同的一点在于其专业性,他拥有一级建筑师执照,除了普通住宅之外,他还有资格负责学校等公共设施或商业设施等大面积建筑的设计。

这是考取难度相当大的执照,每年的通过率为百分之十左右。据统计,一级建筑师的平均年收入为七百万日元上下,在日本属于高收入群体。抛弃这些收入和地位并开始个人的自建项目,好似是看破红尘后的觉醒和超脱。但他并没有离开城市尘嚣,而选择了寸土寸金的首都中心地带,且是路旁相当醒目的位置。这栋楼并非是让他与世隔绝的城垒,而是让他与外界连接的媒体,他是需要观众的。但谁又不是呢,我喜欢这栋楼的风格，虽然奇特，但又内敛含蓄，我想知道它的创造者到底是什么样的人。

有个职业叫作建筑师

"哟，让您久等，进来吧。"待驻足观望的游客离开，冈启辅走来跟我打招呼，说完掏出钥匙打开房门，我跟着他进去。

蚁鳟鸢勒门口临时设了只到腰部高度的简易木栏，推开便能踏入内部。太阳尤其强烈的初夏，外面气温接近三十度，而一旦到里面感觉特别凉快。脚底下的地板、墙壁、楼梯都是混凝土，很有分量感，但因为没有一个空间是规规矩矩的方形，眼见都是直线、曲线和波浪的结合，整体感觉不会有压迫感。室内其实有点像个山洞，感觉自己像是被邀请进入朋友的私密空间，有一种安全感。

眼前的冈启辅，深色T恤衫搭配颜色复杂的长裤，头上裹着毛巾，戴法和陕北羊角头巾相反，打结的部分在脑后。非常标准的日本工人模样，在这栋楼里显得很自然。冈启辅性格从容淡定，话语带有独特的质感，几乎没有无意义的填充词，有点像水分不多的水泥浆。

冈启辅1965年生于九州地区福冈县筑后地区，家里有父母、他和姐姐妹妹五口人，住在父亲单位分配的员工宿舍，"相当破旧的小房子"，他回忆道。冈启辅的父亲冈昭寿和中国有点缘分。

2018 年的蚁鳟莺勒。冈启辅笑着说:"越到上层越好,这几年的技术提高了不少。"

冈昭寿出生于贫农家庭，在初中老师的资助下念完高专*，随后就职于九州电力公司，被分配到收款部门。有的家庭付不起电费，冈昭寿自掏腰包代付，但他从不给家人解释情况，只说把钱丢了。母亲放声哭泣，冈启辅气得使劲打父亲后背，多年后在父亲的葬礼上他们才从别人嘴里得知实情。"后来父亲成为（日本）共产党员，还当选过几轮市议员。上世纪六七十年代担任日中友好协会九州支部部长，每年两三次到中国进行友好交流。我家里有一张照片，是我父亲抱着毛泽东先生的水晶棺痛哭，应该是1976年拍的。之后日本国内对共产主义的看法有了些变化，他跟不上了，五十七岁去世前的几年里，他的状态一直不怎么好。"

刚满两岁时冈启辅被发现患有心脏病，后来动手术才捡回一条命。从小喜欢画画的冈启辅，将来的梦想就是当画家，但在小学期间查出色觉异常，又不得不放弃。不过他并没因此沮丧，经常在冬天的稻田、夏天的河边或已成废墟的雪糕工厂里跟朋友们玩耍，建造秘密基地。"说起来，现在也就是那时候的延长线。"他笑道。

上初中的那一年，他们家终于搬进"一户建"（独栋），那是非常传统的日式建筑，花了一年半才落成。那段时间冈启辅一下课就跟工人玩，每天学他们削木头、组装木材。冈启辅的学习成

---

* 日本高等专门学校的简称，相当于中国的职校。招生对象为初中毕业生，学制五年，毕业后获"准学士"学位。

绩不错，但不怎么喜欢学校，初中二年级时跟母亲说不上课了，要当个木匠。母亲二话没说，就要他去工地试一试能否一个人扛根柱子。"若扛得起来，我就同意你当木匠。"母亲说。也许和心脏病有关，小时候的冈启辅偏瘦，根本不是可以做体力活的身材。工地的木柱他扛不起来，母亲早就知道这个结果，安慰儿子说世上还有一份工作可以造房子，帮人家想哪个房间放哪儿、墙壁和屋顶该怎么做，这就是"建筑师"。"我好开心，当场认定这就是我未来的工作。在图书馆查了一下，当个建筑师该做什么。"

书里介绍，建筑师考试所需材料中有大学或高专的建筑专业毕业证。初中毕业后他升入福冈市的有明工业高等专门学校建筑科，在这里的五年之间爱上了柯布西耶和高迪的建筑。冈启辅在高专时期继续保持好成绩，此外养成新习惯，就是泡图书馆。每年的设计课题作业也积极参与，在一年级时设计住宅，随后建筑设计规模逐渐扩大，幼儿园、图书馆、商业大厦，最后一年的毕业作品是大型公共建筑设计。在学问上有所成就，但他从这个时候开始感觉自己到达了某个"极限"。

"学校里学到的建筑相关法规、物理规则和理论，足够让你成为建筑设计师。毕业后我在东京一家住宅建设公司的设计部门就职，画住宅或小型公寓的设计图。听说客人的反馈不错，但我自己整天在公司默默画图，没机会见客人，也没去过施工现场，我画的设计图实际变成什么样的房子，连照片都没工夫去看。工作大概一年多有了一笔存款，我就辞职了。"

高圆寺的乌托邦

这笔存款冈启辅用来骑行回故乡九州，在母校高专的图书馆里把过去二十年的建筑杂志统统看了一遍。之后他做了一份"想去看的建筑系列清单"，背着帐篷继续骑行：鸟取县的三佛寺投入堂、奈良县的法隆寺、兵库县淡路岛的本福寺水御堂、兵库县的横尾忠则现代美术馆、冲绳的今归仁村中央公民馆……他会在现场守候好几个小时，有时候还过夜，把它们画在素描本里。年轻时在短期内读完大量的书，然后脚踏实地地进行建筑巡礼，这让我想起安藤忠雄年轻时的一段修行。

钱用完了就去工地找活，冈启辅还去过东京都厅舍*的施工现场，主要负责制作浇筑混凝土的模板。"要找活，那还是想在有水平的地方工作，是不是？我这个人还是有点心机的哈。所以听说都厅舍开工了，就去现场瞄一下那里的工人戴的安全帽，这样可以知道是哪个单位承包的，然后用纸质电话簿查单位的号码，打电话。当时网络还没有，招聘公告也不一定有，反正已经开工了，而且那么大的场地肯定缺人。我是这样找工作的。"都厅舍开工时间为 1991 年 4 月，日本经济的泡沫已经破灭，但找一份临时工并不难，而且普通工人的薪水已经达到相当不错的水

---

* 日本东京都政府的总部所在地，位于新宿区西新宿，由丹下健三设计，1990 年落成。

平。这样的生活持续了七年,其间他还去了高山建筑学校,那是昭和时代的著名建筑师仓田康男在 1972 年创办的私塾。

　　高山建筑学校位于岐阜县飞驒市的山区,每年开班时间为暑假期间的十天,可谓是建筑主题的夏令营。冈启辅第一次参加高山建筑学校是 1988 年,他在这里认识了不少年轻同行,还有建筑领域的各位教授,包括"建筑鬼才"石山修武。他是早稻田大学的建筑学教授,个人魅力非凡,培养了森川嘉一郎、马场正尊、坂口恭平、芦泽龙一等众多著名建筑师和艺术家。冈启辅之后向他拜师求学,就坐在石山研究所门口不走,但石山修武坚持要他先考上早稻田大学,冈启辅也只好罢手。之所以采取如此强硬的手段,是因为冈启辅当时确实很累,有些焦虑,每年在高山建筑学校见到仓田康男就缠住不放,求他解释"建筑到底是什么东西",而仓田康男每次都敷衍了事。

来自不同背景但都对建筑有热情的人集合高山建筑学校,探索"建筑"的原点。

"他（仓田康男）对我非常严格，别的老师都喜欢我画的设计图，只有他一个人不满意，还骂我。但平时他很疼我，跟我说要当建筑师不能只干建筑，一定要知道建筑以外的事情。后来我'遇上'舞踏师傅和栗由纪夫先生，跟着他学了一年的舞踏，后来仔细想想，这个机遇也实在太巧妙了，肯定是仓田老师安排的。"

"2000年仓田康男老师因病去世，这给我的打击非常大，使我特别没自信，迷失了自己。雪上加霜的是我的身体也出了状况。大概三十岁左右吧，我的双手莫名其妙地开始发抖，浑身无力。尤其是在施工现场干活的第二天，脑子被挖空了一样。想坐地铁的时候，车票是什么、怎么买票都搞不清楚，我得在车站想很久。找了好几位大夫才查出是化学物质过敏，因为在工地工作太久，混凝土浇筑模板经常使用的木材为防水和耐用涂有大量的化学物质，我把这些都吸进去了。最严重的时候书店都去不了，因为书上的墨水和胶水也有化学成分。但大夫说我的症状算轻微，还有很多建筑工人的状况更严重。"

这段时间冈启辅住在东京都杉并区的高圆寺，1995年开办艺术交流中心"冈画郎"。该画廊开设于普通居住公寓，不能开展商业活动，于是他把画廊名称改成"冈画郎"——这并非错别字（"郎"是日本男性名字中常见的汉字，且与"廊"谐音），要是房东来追究，他可以声称是他的名字。冈画郎位于公寓第二层，有一个大窗户面向马路，冈启辅把艺术品摆在窗边，供马路对面的行人观赏，这是一种有互动性的展示行为。每周五晚上会开"企划会议"，来宾包括艺术家、思想家、音乐人、诗人、演员和社会活动家，高圆寺从不缺这些人才，他还在这里拍过电影*。冈启辅天生讨人喜欢，媒体也多次介绍过这个空间，2003年停办之前他认识了不少人，包括他的妻子：

"没错，是在这里（冈画郎）认识的。我问她是做什么的，说是空姐。在我印象中的空姐性格高傲，很难打交道，但她很好沟通，性格又很温柔。跟你说过了嘛，当时我没有了师傅，身体状况也不好。这个时候你遇到这样的一位女性……只能结婚了。"

黄金地段打三折

结婚后不久妻子突然问他，你是做建筑的，那会不会设计房子？冈启辅说，当然呀，我还有一级建筑师的执照呢。妻子又来问，那你会不会盖房子？他说当然，在工地当过工人，盖房子简直就是轻而易举。"那时我挺高兴的，失去自信的时候妻子注意到了我的价值。但后面的进展我是没想到的，妻子说，那太好了，我们买块土地，你来盖房子就行。到这个地步怎么能说不呢，只能拍着胸脯说没问题。（笑）"

小两口在东京看了不少地方，最后看上在港区三田区域的

---

*　冈启辅和朋友在这里拍过电影《Bing-bong》，没有特别的情节，两人边打乒乓球边聊天。

蚁鳟鸢勒所在的东京都港区三田风景。

一块地，面积只有十二坪（约四十平方米）。这里聚集着庆应义塾大学等诸多名校和外国大使馆，区内还有高级住宅街麻布、白金、青山或六本木。在这个黄金地区的四十平方米土地，开价六千五百万日元。

"一开始我觉得这个价格很离谱，太贵。后来我去看了，这块土地因为后面有悬崖，所以看起来比实际面积还要小。这么小的地方，建筑公司一般不会理睬，因为搬运建材和施工的程序也会更加复杂、麻烦。而我是自己动手建房，土地再小也可以想办法。我很确定这块土地肯定卖不出去，所以不急。过几天我跟中介讲价，出价 1400 万日元。中介当场没接受，但我相信他会和

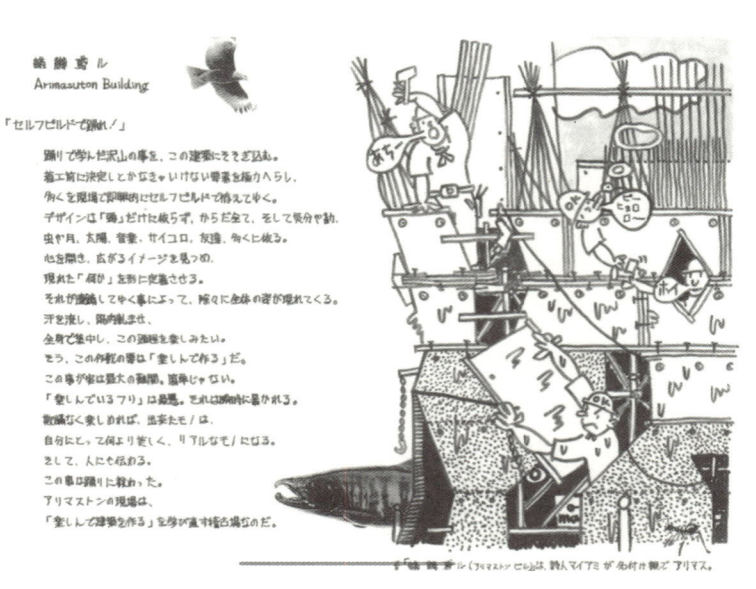

"以自建的方式舞蹈！"冈启辅开工之际撰写的文章和插图。

蚁鳟鸢勒设计图。

木质的建筑模型。

房主商量。隔了半年我再去拜访，他果然记得我，我说可以多出10%。最后1550万日元成交，我和妻子两个人共同负担。这是2000年9月的价格，相当于40万日元每平方米。当时的港区平均地价是187万日元每平方米，2015年涨到290万日元[*]，所以我们买得特别划算。"

像舞踏，用即兴

东京这个城市本身的面积狭小，建造小户型住宅这方面是有先行者，比如东孝光设计的"塔之家"。东孝光在大阪城区长大，搬到东京后也执着于市区生活，妻子又不喜欢公寓，于是1966年在港区青山区域盖房子，地上五层地下一层，占地面积约二十平方米。冈启辅的住宅——后来被命名为"蚁鳟鸢勒"——的重点也在于"自建"，虽然形态相似，但背后的思想还是有一点差别。

"关于建筑本身，因为之前参观过泽田公寓等自建房，我心里大概有个底。房子还是想要自己盖，而且要盖得开心。铃木博之[**]老师也说过，建造的时候有乐趣，你很开心，这就是好的建筑。所以我想出'七十厘米自建方案'，把混凝土的浇筑模板尺寸控制在七十厘米以内，建造的最小单位控制在伸手就能到

---

[*] 据日本国土交通省2024年9月发布的公示地价，东京都港区的平均地价为每平方米440万日元，虽然不到泡沫经济期间的1100万日元（1988年）水平，但目前的倾向是持续上涨。

[**] 铃木博之（Suzuki Hiroyuki，1945—2014），日本建筑史专家、工学博士，曾为东京大学名誉教授。

泽田嘉农和妻子裕江携手自建的钢筋混凝土集合式住宅——泽田公寓。

达的范围内,做一块混凝土再做下一块,把它放在哪里、怎么设计,都是即兴的。就如舞踏一样,从过去跳出来,表现出现在的自我。"

之所以冈启辅选择混凝土为主要材料,其背后除了他对建筑大师的敬仰外还有几个原因。一个是身体原因,三田地区的建筑特别密集,故此设有严格的防灾规定,经过防火处理的木材含有大量的化学成分,很可能他的体质受不了。另外一点,冈启辅从小喜欢忌野清志郎和他负责主唱的摇滚乐队 RC SUCCESSION,

RC 在建筑界就指钢筋混凝土*，故此冈启辅还设立了一家名为 RC 作制所的公司，为的是"说不定哪一天因为这个名字会引起忌野清志郎的注意，还能见到他"。可惜，这之前忌野清志郎因淋巴癌去世。

为保证建筑质量，冈启辅自购材料、自制混凝土。"我曾经在工地看到有人在混凝土中加水过多，且不止一次。从那时候开始我怀疑 RC 造建筑法定使用年限四十七年的依据。"他在 DIY 店购入水泥，沙砾也从他认识的同行进货，再自购一台混凝土搅拌机在地下进行搅拌。为防止他的化学物质过敏复发，成型模板用普通木板和农用塑料制成。

"自制混凝土就可以控制水分，一般的比率接近 60%，而我控制在 37%。这相当于建水库用的混凝土水分比率，水库的耐用年数至少八十年。水分少就黏性高，搅拌和倒入过程都很费力，材料成本也高，但建筑会特别坚固。这里的地板和墙壁都不渗水的。曾经有位混凝土领域的专家来过，他说用我的混凝土盖的房子，寿命能到两百年。当时我没当真，后来到 2011 年，蚁鳟鸢勒做到两层的时候遇到东日本大地震，能切实感受到震动，但建筑结构没受影响。这时我也有了自信，这栋楼在 23 世纪的东京还能存在。"

---

* 不过 RC SUCCESSION 的名称跟钢筋混凝土无关。忌野清志郎在初中时期组织的乐队名称为 Clover（三叶草），高中时代称为 The Remainders of Clover（三叶草余党），该乐队解散后再次组合的名称是 The Remainders of Clover Succession（三叶草余党的继承者），因为变得太长，名称前面缩成 RC。

墙壁上写的混凝土配方。

地下室底层的天花板。"用普通木板和农业用塑料做模板,搅拌后的混凝土浇在其中成型",采用塑料膜之后混凝土的成型更加自由了,地下室的天花板借助藤蔓成型,为地下室增添一种动力和生命力。

建筑外墙细节。

建筑内墙。

开发商的"甜言蜜语"

买了土地之后冈启辅还是不急不躁，有四年的时间没有动手。"说白了就是没搞清楚要盖什么样的房子。"他说。其间，蚁鳟鸢勒方案入选 2003 年 SD Review 奖，得到评选委员藤森照信极高的评价，最终获得"藤森奖"。这给予他很大鼓舞，2005 年 11 月末蚁鳟鸢勒终于开始动工。

这栋楼的名称"蚁鳟鸢勒"（Arimasutonbiru）来自陆海空三种生物的组合，ari（蚂蚁）、masu（鳟鱼）和 tonbi（鸢鸟）。最后的 ru 让这个词听起来更像是大厦（日文发音为 biru）的名字，同时致敬建筑大师勒·柯布西耶。当初他以为三年即可竣工，结果土方开挖就花了一年半，接下来的躯体建造也因为混凝土的黏性较大，比普通建筑慢许多。开工四年后，蚁鳟鸢勒才开始成形。这时，从天而降的"国家战略"成为它的一大障碍。

"2009 年初突然来了几位穿西装的上班族，说是开发商。他们解释这附近要进行再开发，让我搬迁，他们会提供一笔补偿金。我就是不想搬，问了律师朋友，得知目前没有法律能以再开发为由强制居民搬迁，但实际上没有多少居民坚持原地不动，一般都会拿补偿金搬走。我很焦虑，精神一下子崩溃了。"

这是名为"内阁府国家战略特区认定事业"的城市规划，蚁鳟鸢勒所在的三田地区位于首都两座机场（成田机场和羽田机场）之间，有成为首都交通枢纽的潜在价值，是该计划的开发重点。按计划，三田车站附近要新建四栋大楼，包括地上四十二层的兼顾办公与商场的综合性大厦，蚁鳟鸢勒就在这个商圈边上。

"蚁鳟鸢勒的所谓问题在于建筑前方一块，他们计划把人行道拓宽，但加宽后的人行道会被蚁鳟鸢勒挡住。我说这不成问题，一楼可以开放给大家，相当于公共空间，让行人歇脚。但他们不接受这个替代方案。我们继续谈了几年，中间我继续盖，2015 年我们基本达成共识，决定用曳家*的方式把蚁鳟鸢勒整个往后拖五米，相关费用由开发商来负担。不管挖得再深，肯定得把部分钢筋裁掉，整个建筑的强度会受影响，但没办法。开发商也安慰我说以后的事只管放心，他们是这么说的。后来没多久，他们改了说法，曳家所需费用他们不肯负担，说是没说过这些。"

冈启辅盖房子的这些年，每月拿二十万日元的"薪水"。这笔钱来自他和妻子双方的存款。冈太太曾任职于航空公司，几年前退休时拿了一笔退休金，而冈启辅没什么存款，向故乡的老妈借了一笔钱。我问冈启辅，"您母亲乐意吗？"他简单回一句，"从一开始就对这个项目不是很赞同。"冈启辅每月的建材成本大约两三万日元，此外还要招待来帮忙的朋友，加上附近暂住的租房费用（和妻子平摊）、水电费和土地相关的固定资产税等，一年总共需要四百万日元左右。作为小两口家庭这刚好相当于日本平均水平**，但十多年累积下来的心理和经济压力还不小。

---

* 曳家，将建筑物平移的技术。一般用于迁移历史保护建筑。
** 据日本总务省 2023 年统计，夫妻小两口的平均生活费（不含房租）约为二十五万日元，约合人民币一万两千五百元。

"从效率来看,这种做法绝不划算,我的流程安排也有过问题,加上搬迁这件事确实拖了不少时间。但这些年,我获得了足够的时间来思考建筑本身的意义。现在的社会非常富裕,总体上产能过剩,但这种环境反而剥夺了人们自己动手才能感觉到的幸福。而且不管是工作上还是生活上,我们彼此的关系隔得太远。比如建筑师在办公室只管画图,很少去工地。施工程序也过于规格化,木匠无法发挥原本的创造力,被夺走自尊心。我想透过自建的蚁鳟鸢勒,夺回活着的喜悦感。"

冈启辅带我去蚁鳟鸢勒第二层楼。按他以前的设计图,这里将会是他们夫妻的卧室。现在的窗户只有窗框,还没有装上玻璃,初夏的微风轻轻拂过,确实是很不错的房子,也很舒服。我暗自想象有一个丈夫盖这么特别的房子是什么样的感受。但这样的问题好像有点冒昧,我低头继续做笔记。

"我认为建筑也是建筑师的自我表现。但和艺术不同的地方是,建筑是为了人的生活而造的。这点和工艺品有点相同。而因为这点,我们建筑师有个东西绝不能表现在建筑上,那就是负面的感情,如愤怒、悲哀、苦恼、绝望等。艺术品表达这些负面的感情都没问题,也是必要的。但建筑每分每秒陪着人们生活,而且容积这么大,一旦做出来不容易改造,我们建筑师能透过建筑表现的只有一个,那就是希望。"

在日本,一般施工现场会用护栏围起来,但蚁鳟鸢勒的现场是裸露的,没有护栏或铁丝网把建筑和行人隔开,只要伸头即可看见施工现场。圣坂不是一条车水马龙的街道，但行人还是不少，若有人好奇来问问题，冈启辅会暂停手里的工作，用心回答。他深知自己做的事不寻常，才把施工现场公开，以免引起疑惑或反感。但还是有人看他不顺眼，冈启辅早上来这里开工时，经常发现有人往里扔塑料瓶和外卖盒。

"有一次我实在忍不住，和一个男的吵起来，质问他为啥扔垃圾。吵到最后我们推心置腹地交谈起来，原来他是附近的居民，毕业于庆应义塾大学后进政府机构当官，后来辞职自己开公司，这栋楼就在他每天上下班的路上。他说并不是每个人都能做自己真正喜欢的事，并不是每个人都喜欢自己的工作。听他这么说我才发觉，对某些人来说，像我这种人或我做的事，哪怕是一件所谓正能量的事，也会带来一种痛苦。我在这里盖房子的同时，需要认真面对这些人的心情。其实那些开发商的员工也很无奈，他们肯定不是那么讨厌这栋楼，而是因为那是公司的要求，他们必须服从。这个我明白。而我呢，可能别人都以为我就在做自己喜欢的事，但也有不少朋友说我这几年苍老了许多。没办法，要面对的事情太多。"

裤子和混凝土楼

冈启辅的工作生活节奏基本固定，在蚁鳟鸢勒附近租房，九点动工，中午在附近小餐馆吃饭，下午五点收工。没有固定的休

冈启辅自己缝的衣服。

息日，只在下雨天或有急事时才休息。他说这算轻松的，老一代的木匠师傅会要求工人早上七点报到，晚上六点才收工。我问他回家一般做什么，他拍拍自己的长裤说，缝纫。

"二十多年前辞职时我决定不买衣服，一是因为没有了固定收入，二是受不了现在的消费主义。我在电视上看到过田中忠三郎和他搜集的裂织*的介绍，颇有共鸣，这也是个原因吧。问题不大，因为朋友会捐给我旧衣服，T恤衫或衬衫有的选择，但裤子很难挑出合身的，这是我的姐夫给我的一条，破了个洞自己修补。因为我患有色觉异常，不太能看出实际上的视觉效果，但很多人喜欢我的裤子。上次跟杉本博司先生对谈，他也很喜欢（这条裤子）。晚上吃完饭，边喝酒边做缝纫让你安静许多，回想白

---

*　田中忠三郎（Tanaka Chūzaburō，1933—2013）是日本民俗学家，在上世纪六十年代注力于衣物和生活用品的收集，主要范围在以青森县为中心的东北地区。过去布料非常珍贵，平民穿着的衣服使用麻、苎麻、紫藤等任何能在当地生长的植物制成，做一件衣服也最少得花一整年的时间。棉花在十八世纪经由贸易来到日本东北地区，但平民只买得起废布料，他们把最好的废布料拼接成和服或者用于修补破的麻质和服，最差的废布料撕成窄条，与纱线织在一起做出裂织（BORO）。

天发生的一切，整理一下，准备迎接明天。"

第一次的采访，因为到这个时候来了几位年轻男子帮冈启辅打水泥，我不久就离开蚁鳟鸢勒。回家后自己试了下补旧裤子，发现没有冈启辅说的那么容易，他还是有一门手艺的。后来我去参观森美术馆的展览"日本建筑基因的传承"，发现那里有蚁鳟鸢勒的介绍，还展出了冈启辅的这条裤子。

我继续拜访蚁鳟鸢勒。一般都会有两三个人和冈启辅在一起干活，也有下班之后赶过来帮忙的。每次来这里都能见到不一样的人，建筑系学生、篠笛（一种竹笛，日本传统乐器）演奏者、社会运动家、看 Youtube 边学边做窗框的主妇、擅长切割玻璃的电影导演或做的每一本书都畅销的图书编辑。我甚至在这里第一次吃到熊肉，是一位猎人从东北某地带来的。那天大家边吃熊肉火锅边聊高山建筑学校，冈启辅话不多，但他是整个场景的中心轴，因为他在，大家才能畅所欲言、表达自我。这好像是一种没法随便模仿的才华，他很擅长营造"场所"。

在疫情中的晚春某一个傍晚，我又来到蚁鳟鸢勒。冈启辅一个人在地下，和平时没有两样，温柔而笃定，只是被晒黑的面孔瘦了一点。他带我去楼顶，让我转头看看，有一栋正在施工的地上四十二层复合型大厦。和蚁鳟鸢勒相比，周围再开发的进度如疾风迅雷一般，我似乎能感觉到冈启辅平时负担的心理压力。他说，蚁鳟鸢勒两边的公寓也即将拆除，居民能拿补偿或被分配到同等条件的新房，但不少居民因为高龄行动不便，搬家会给他们带来很大的麻烦。

和开发商中介多次交涉后，冈启辅在 2020 年签了合同，同意竣工后把整栋楼挪后十米，曳家工序所需的费用由开发商负担。这合同一签却带来了新的麻烦，由于整个再开发计划在几波疫情中不得不推迟，蚁鳟鸢勒也被叫停多次，签了合同的冈启辅又不能擅自开工。一年多的停工期间也没有任何补偿，"我彻底看清开发商的真面目，嘴巴很甜、态度友善，一旦跟他们要具体的方案和金额，对方毫不犹豫地翻脸。"冈启辅苦笑道。从 2005 年至今，一晃快有二十年过去，资金告急，借款上千万。对年近六十的他来说，这段时间应该是最难熬的苦日子。

2024 年 11 月，蚁鳟鸢勒终于完工。这条信息迅速传播开来，各种媒体纷纷报道"三田的高迪"和他耗费十九年建造的混凝土楼。访问蚁鳟鸢勒的记者和游客一下子增多，让冈启辅有点应接不暇。开发商将在次年为蚁鳟鸢勒进行曳家工序，先把蚁鳟鸢勒周围二十五平方米挖五米深，然后把整栋楼往后平行移动。冈启辅说，"等这个工程结束，就可以开派对邀请想看这栋楼的所有人，'小蚁鳟鸢勒'现在都卖完了，得再做几个。""小蚁鳟鸢勒"是指他用剩余的混凝土和两升塑料瓶自制的装饰品，售价一万日元。感觉略贵，但为了表示对冈启辅的支持，这几年已经有不少人买走了这件装饰品。

最近一次我来这里找冈启辅，是有一个很具体的问题想问他。在疫情中晚春的那天他跟我说过，他的妻子无法忍受长期的等待并提出了分手。但是，之所以冈启辅自建房子就是因为妻子的一句话，"你是建筑师，我们买块土地，你来盖房子就行"。我相信，这是冈启辅这么多年能忍受各种压力并继续盖楼的动力。而且他还说过，他打算竣工之后把整栋楼卖给别人，唯一的条件是让他和妻子在世期间继续住在里面。若没有了这个动力和精神支撑，这栋楼对他还意味着什么？

"你今天过来就是想知道这个，行啊。"冈启辅说。他坐在三楼的地板上，完工后的蚁鳟鸢勒感觉就像钟乳洞，尤其是晚上，特别安静，你会忘记自己在东京。墙壁上各种形状的洞都嵌上铁框和玻璃，地上铺了一层木板，他说都是这一年朋友们动动脑筋完成的，"这很神奇，就像那些少年漫画一样，遇到问题的时候恰好出现能解决这个问题的人"。

按冈启辅的解释，这些年来他和妻子对未来的规划或期望有了些分歧。一开始妻子很支持他，比如他的朋友们来家里吃饭，她也真心接待客人，但时间久了就发觉，他们的议论、理想和喜欢的话题和自己没有太大的关系。而且她当初想要的是小两口能过日子的小屋子，万万没想到盖房子要这么久。这栋"小屋子"不知不觉成为丈夫的舞台，他透过自己的创造力实现了个人成长，获得了"自己动手才能感觉到的幸福"。与冈启辅的成就相比，这位妻子的感受对我来说更加接近，同时我很佩服做出这样的决定的女性。

可是冈启辅当时不这么觉得。在两人的对立最严重的一段时间，他不得不睡在这栋尚未完工的混凝土楼里，那时候天花板还没做好、窗户没有装上玻璃，会漏雨也很冷，缩在睡袋里他不知道哭了多少次。"当然想过要不要放弃蚁鳟鸢勒，也有过不好的念头。"他低声道。

"那时候觉得，盖这栋楼的大部分的动机没有了。但后来发觉，还有那么一点留在我手里的。我站在蚁鳟鸢勒里面，看看周围的水泥墙，感觉心里慢慢踏实起来。"

最终救你的，是过去的积累。后来他得了抑郁症，丧失所有情感，但还是继续盖房子，周围的朋友们也不知所措，只能默默地跟他一起动手。有一个小转机是一次采访，一位女性记者察觉到这位受访者的异常。"那天我并没有吐苦水，反而自以为是地说出高深的建筑理论，但好像她觉得这个人有点不对劲，不能放着不管。"冈启辅回忆道，那时候自己就像一只被遗弃的小狗，还好有人关心他。

听到这里，我放眼四处观望，仿佛看见了蚁鳟鸢勒的生命力来源。它是冈启辅内心的真实写照，外刚内柔、奔放中不失细腻，站在喜悦和失落的交错处。冈启辅在讲以后的蚁鳟鸢勒，现在高层住宅楼的二室一厅也要十亿，那么在港区这栋寿命两百年的混凝土楼，搞不好十多亿也会有人愿意买。到时候他先把债务全部偿还，然后一部分分给妻子，剩下的用来再做一个项目，为建筑行业的年轻人提供工作场所和像样的收入。等他喝干烧酒，我就说一句，"冈桑，这真的太棒了。"

完成的蚁鳟莺勒。

"最近接受了不少采访，但还是不习惯被拍摄。"冈启辅羞地说。

在东京浅草人人都知道的小丑"别卓林"（プッチャリン），本名为中岛理一郎。都筑响一在《独居老人》中详细追溯他的人生经历，中岛理一郎目前开出租车赚生活费。（都筑响一提供）

CHAPTER 06

我介绍的是普通生活，却被称为另类

——

专访摄影记者
都筑响一

都筑响一
Tsuzuki Kyōichi

编辑、记者、摄影师。1956 年生于东京,上世纪七八十年代担任男性时尚杂志《POPEYE》和《BRUTUS》的撰稿人,其后持续从事现代美术全集《ArT RANDOM》等美术、设计相关领域的编辑和执笔。1993 年出版东京居住空间的摄影集《TOKYO STYLE》(东京风格),凭借 1996 年出版的摄影集《ROADSIDE JAPAN 珍日本纪行》获第二十三届木村伊兵卫摄影奖。2012 年起发行独立电邮杂志《ROADSIDERS' Weekly》,运营至今。2022 年在东京设立大道艺术馆,现在忙于在日本和世界各地进行采访、摄影或办展。

网络如同一张无所不包的大网，社交媒体极度发达，反而让人感觉世上已经没有了神秘和未知的地方。那么你我所居住的城市，不再有了探索的余地，变成了一个枯燥无趣的地方？至今每次在书店看到都筑响一的新书时（他保持着惊人的出书速度），我都发觉，他对这个疑问一向保持明显的否定。他的观点看似独特，但当他向你解释为什么关注到这些事和物人时，其逻辑并不奇特，反而呈现出颠覆性的内涵：秘境就在隔壁，一直在我们身旁。

根本没人过那样的生活

都筑响一踏入日本出版业是上世纪七十年代。他升入上智大学文学部英语专业的第二年，男性时尚杂志《POPEYE》诞生，不久成为引领日本文化的重要媒体。在东京长大、文化吸收力强、又爱玩滑板的青年都筑响一马上成为它的粉丝，后来获得在其编辑部打工的机会，有时还帮编辑翻译美国时尚杂志。"提

一对艺术家兄弟的厨房。(出自《TOKYO STYLE》)

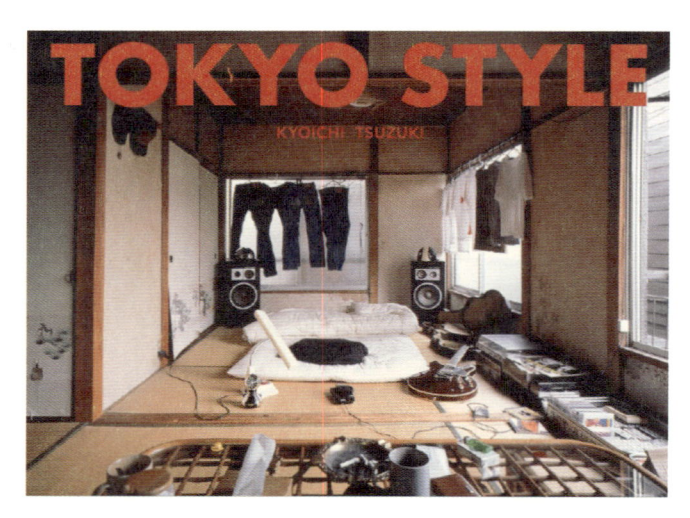

《TOKYO STYLE》第一版(1993),定价 12 000 日元。"这个价格很可能比书中房间的租金还贵些。"都筑响一笑道。他在《圈外编辑》中透露,这本书的选题被各个出版社的编辑拒绝多次,最后找到的出版社也只肯给 3% 的版税。书出版后,他用所有版税收入买下 100 多册样书送给书中的年轻人,并举办出版纪念派对,邀请书中采访过的所有人一起庆祝。

交毕业论文的时段，我刚好在美国进行采访，都没工夫交论文。"至于自己是否成功毕业，他后来很长时间都没搞清楚，但这也不影响他的职业生涯。"我这辈子都没找过正职的工作，一向身在自由的业界，没人要看你的学历。不过，上班族拿的年终奖金那东西，我有时候还蛮羡慕的。"

在八十年代，都筑响一继续为《POPEYE》和《BRUTUS》撰稿，虽然在编辑部有自己的位置，但身份和临时工差不多，写多少拿多少。2016 年《POPEYE》迎接四十周年之际，电视台 WOWOW 官网播出了一系列的视频节目《2016 年的 City Boy：POPEYE 创刊四十年》，其中，都筑响一介绍了当时《POPEYE》编辑部的风景：

"你跟主编说纽约那边感觉蛮好玩的，主编会问你是不是真的好玩，你只能说'嗯……应该是'。主编会同意你去看一看，到了纽约，你凭感觉拼命地、尽可能地享受那里的文化，找素材，回来就写数十页的版面。用这种方式写出来的内容，读者一般都会喜欢，因为大家没听说过。我离开后才发现这是很特别的做法，其他杂志通常每周开一两次选题会，你得先向主编和其他编辑仔细说明自己的选题如何好玩。说服大家就必须有东西给人家看。但是，你有东西能展示出来，就等于说别人已经介绍过，那你还要写吗？在《POPEYE》编辑部，若你写出来的东西有意思，下次就还有机会，不怎么好看就没有下一次了。对没有能力找素材的人，这种做法应该很严苛，但若你有触角找东西写，你会觉得好玩得很。"

在杂志编辑部的十年间，都筑响一掌握了撰稿和编辑的心得和技术。到三十岁那年，他决定出来单干，自己策划自己写稿。随后发现京都的房租比东京便宜，便到同志社大学（位于京都市）附近租住。他申请成为京都大学的旁听生，每周一次骑自行车去上课，第一年学日本建筑史，第二年学日本美术史，上完课便到京都各处将当天课程里提到的建筑看个遍。他在祇园、先斗町等花街的居酒屋里认识了当地的出版人和海外人士，这成为他后来执笔并编辑全一百零二册的现代美术全集《ArT RANDOM》的一个基础。

"在杂志社撰稿的时候，我发现日本媒体对现代艺术的了解并不深，同时得知海外年轻艺术家很难有机会出版自己的作品集。透过《ArT RANDOM》，我一方面想让日本年轻人认识到当时最新的艺术潮流，另一方面也想给海外艺术家们一个平台好好介绍自己。所以每一本的定价控制在一千九百八十日元，就艺术类的出版物来说相对便宜，每次书做好了，我会寄一百册样书给艺术家，这样他们办展的时候还可以卖给观众，好好宣传。"

不知不觉，年轻的都筑响一成了日本和海外艺术界的桥梁。有一天海外摄影师和撰稿人请他帮忙在日本找拍摄场景，他们想做一本介绍"日本风格"（Japanese Style）建筑和生活方式的摄影集。外表简洁淡雅、清新自然，干净的榻榻米上放置一张极简风格的茶几，看着窗外的日式庭院喝茶。这是海外摄影师想要的场景，但都筑响一发现这种风格的房子很难找，找不到符合他们要求的拍摄地点。很快他发现了原因所在："因为很大一部分的日本人，包括我自己，根本没过过那样的生活。"

Style 的本意

当时的日本还在泡沫经济的尾巴上，已成为全世界认可的丰裕社会，美国学者创造的"日本第一"的说法风靡一时。大学生在五星级酒店开派对，晚上在奢华街区六本木如果手里不晃着几张"万札"[*]，根本招不到出租车……那段疯狂的时代为后代留下了神话般的种种故事。但都筑响一知道，自己身边的很多年轻朋友并没有尝到这些甜头，他们依旧住在小小的榻榻米房间，一边打工一边追求自己的梦。"他们的房间虽然一点都不符合海外流传的所谓日本风格，但也正因此才能代表真实的普通人和最普遍的生活方式。这才是 Style 呀，只能在时尚杂志上看到的 Japanese Style，算是个例外。"

他 1993 年出版的《TOKYO STYLE》囊括一百多个在东京生活的年轻人的房间，里面没有一个拥有完美刻意的家居设计。"家居杂志上介绍的房间和主人，实际上是少数派。为什么我们非得要大房子，买那么贵的沙发？为什么在家里吃饭喝酒要配精致的器皿？我们就属于多数派，为啥一定要学那些少数派？从另

---

[*] 日本最高面额的一万日元纸钞。

一方面来看，我认为书中年轻人的生活方式更加健全。别人忍受昂贵的房价和极为拥挤的通勤电车时，他们选了一个便宜的小房间，房租没有给他们太大压力，每周几天骑车去打打工，用剩余的时间做属于自己的事。"

出版后的读者反应，是都筑响一自己也没有想到的。随书附赠了读者反馈用的明信片，实际上用上它的读者一般不会很多，而《TOKYO STYLE》读者的反馈真不少。据都筑响一介绍，其中大部分读者住在日本乡下。他们在明信片里写道："想都没想到东京也有这种地方"，"若东京人的房间真的是这个样子，俺家比他们的好看很多！"……

当时在日本特别流行《东京爱情故事》等时尚电视剧，很多年轻人看到被媒体美化的东京，以为那样才是自己该有的生活。"这种媒体，只会给那些中小城市的年轻人一种自卑感。而这种自卑感来自虚拟的被美化的东西。透过《TOKYO STYLE》的拍摄和出版过程，我发觉大众媒体难免带有这种欺骗性。你一旦看清媒体制造出来的虚构，就能发现庞大的现实。这是我当时学到的事情中最重要的一点。"

你肯不肯掉头回去看一看

"为什么日本的乡下总会有大型艺术品摆在外面呢？"1997年都筑响一凭借《ROADSIDE JAPAN 珍日本纪行》获得第二十三

届木村伊兵卫摄影奖,这是该奖历史上第一次由非专业摄影师获得。这本摄影集的源头来自他和杂志《周刊 SPA！》总编的饭局,以及当时随意说出的几句话。东京、大阪、京都之外的日本到底是什么样？总编觉得这个主题很好玩,同意让都筑响一负责《珍日本纪行》这个栏目试一试。

当时网络并没有普及,关于日本乡下根本没有能参考的信息。他花十万日元买了马自达的旧车,载上 4×5 大画幅相机、单反和大量的胶卷,自己开着车找素材。"我们在电视上经常看到旅游节目里,主持人拿麦克风采访当地人,问出一个好玩的地方看似挺容易的。但实际上如果真的跑过去问,人家根本不晓得应该给你介绍什么。哪怕附近有个秘宝馆(色情博物馆),他们也不会告诉你,要么认为那个东西不好,要么根本没发觉那个东西值得介绍给外地人,对他们来说那种地方是'不存在'的。这也不能怪他们,你想想,人家觉得自己的家乡没意思才来东京的嘛。所以,所谓有趣的地方还是得靠自己找。"

《TOKYO STYLE》可谓是对"日式"形象的反击,《珍日本纪行》则是沿着国道开车过程中发掘出的大都市东京之外的日本。本来只尝试做两三个月的《珍日本纪行》栏目,因为他发现的材料越来越多,最后连载时间长达约五年,1996 年末汇集成大型摄影集《ROADSIDE JAPAN 珍日本纪行》。"我在东京长大,我也是开始这栏目后才发现,其实很多地方和东京完全不一样,而且这样的地方占据了日本的大部分。但是,很多小城市的年轻

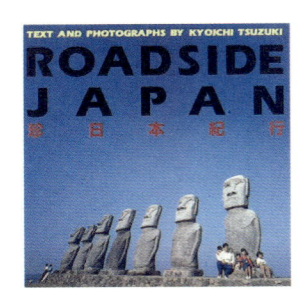

《ROADSIDE JAPAN 珍日本纪行》封面，图为位于宫崎县日南市的公园 Sun Messe Nichinan 拥有世界上唯一获得复活节岛长老会许可而复制的摩艾石像，高 5.5 米。（都筑响一提供）

人觉得自己穿得很丑或生活得不够时尚。不管是衣服、音乐、文学或艺术，绝对少数派的媒体人从大城市发来的信息控制着剩下住在郊区或乡下的大部分日本人。"

共 435 页的这本摄影集每一页都让读者啧啧称奇。北海道充满童话憧憬的"加拿大世界"、青森县的"基督之墓"、被当地人崇拜为"乳神"的神社、山口县的"杨贵妃之乡"[*]、山区里拔地而起的巨大的佛陀金像、当地居民手作的地狱变……这本摄影集向世人展示了一个想象之外的日本，让读者发现所谓"日本风格"给人的冷静、整齐的幻想背后，还有杂乱并且富有创造力的生活。"您到底怎么找出这些地方的？"这是都筑响一每次在活动现场必被读者问到的一句话。对此他表示无奈："假如真的有

---

[*] 山口县长门市有个传说称，杨贵妃没有自杀（而是有人顶替），坐船到了日本西南部的山口县。长门市内的寺庙"二尊院"有块墓地号称是杨贵妃的，附近还有大理石雕的杨贵妃像和中华风格的凉亭等。

秘诀,我也想知道呢。"

他在东京采访百名年轻人、开车跑遍日本,都是在上世纪末,当时和现在最大的不同应该是网络带来的信息量。撰稿人和编辑能否将网络作为信息来源,对此都筑响一还有些谨慎。

"为快速理解某件事情的整体情况,当然用网络最方便。但你写作的时候用得太多,就会被拉进网络上的世界,会以为网络上写的就是这社会的全部。但你得记住,这个网络世界是擅长用网络的人构建的,而这社会上还有很多人不怎么在网上表态。比如斯纳库[*],不管你住在日本什么地方,这种店在你家附近肯定有一两家,但在 Tabelog[**] 上怎么搜都找不出它们的信息,社交网络上也没人点评。因为这种店根本不需要用网络或媒体来宣传,每晚好好接待住在附近的常客就够了。若你只靠 Tabelog 来搜集信息,永远不会知道日本最普及的、乡下大叔每天去喝酒的斯纳库到底是什么情况。网络比过去确实发达很多,但只用它,你看世界的眼界会越来越窄小。出于同样的理由,网络上对我的评论如何,有多少人关注我或点赞,我都不管了。刚开始我还有点在乎,但仔细想想,我采访的斯纳库女主人、独居的老人、情人旅馆或秘宝馆的主人,他们压根不在乎别人怎么看待自己,就专心做自己想做的事。我是托他们的福才有料写成稿子而已,他们不在乎的事情,我又何必在意呢?"

---

[*] 斯纳库(スナック/snack),小酒馆、家庭式酒吧,营业时间通常为 20 点至凌晨,有女性在柜台接待客人,一起喝酒、聊天或唱歌。

[**] Tabelog(食べログ),餐饮指南网站,类似中国的大众点评。

若你喜欢另类，我想全力支持

　　装饰卡车、情人旅馆、秘宝馆、暴走族的特攻服[*]、死刑犯在狱中写的诗歌……因为都筑响一的文章和拍摄主题总有种冲击力，他很容易被视为"四处探寻珍奇物件"的猎人。但实际上，他的采访对象一向"伸手可及"：虽然大家都知道他们的存在，但因为太亲近或太"普通"，没人认真考虑过其重要性。出版《TOKYO STYLE》之后，他在日本关西地区进行类似的拍摄（《KANSAI STYLE》），记录了服装品牌狂热爱好者的房间和生活（《穿衣穿到穷 HAPPY VICTIMS》），也有一段时间在上海拍摄年轻人的房间。从这一系列的拍摄和采访行为，我们能看出都筑响一一直不变的立场：对无名人群——等于是对大部分的我们——的尊重，以及细腻入微而敏锐的眼光。

　　有时候，"日本风格"的框架也会给日本人自身一种压力。都筑响一曾在巴黎、伦敦和墨西哥等地办过展览，以 IMAGE CLUB[**]、HAPPY VICTIMS 等主题为当地人介绍真实的日本人生态。办展之际有当地的日本官方人员来参观，他们一脸愁苦，建议他不要介绍"这么丢脸的"东西。"当时我还真想跟他们说，那让他们自己来介绍日本给我看看。"都筑响一淡淡说道。

---

[*] 背面印有或绣有大号汉字（日语"请多指教"的谐音"夜露死苦"等）的衣服，主要爱好者为暴走族和不良少年。

[**] IMAGE CLUB 是日语里的和制英文，可译为"幻想俱乐部"，一种风俗店，客人可挑选各种服装风格的女性（如学生、上班族或空姐等）以及相应场景的房间（如车厢、办公室或机舱）。

我介绍的是普通生活，却被称为另类　　　　　　　　　　147

《穿衣穿到穷 HAPPY VICTIMS》封面，该书介绍了八十五位服装名牌狂热爱好者。2009 年他在接受我的采访时解释道："他们拼命盯着某个固定的服装品牌，买得多到自己天天穿也穿不完。一般人认为，到了一定年纪应该有一种 balance，为了生活，应该把自己的收入安排好，如三分之一付房租，三分之一是伙食费，还要存款什么的。但这样平衡的生活太四平八稳。《穿衣穿到穷 HAPPY VICTIMS》中的人没有这种 balance，反而有意思。"

"若有一个人很爱书，天天买书多达一万册，大家通常都会夸赞，但若是你不顾一切地买名牌服装，弄不好还被嘲笑。你不觉得这很奇怪吗？我写《巡礼：珍日本超老传》《穿衣穿到穷 HAPPY VICTIMS》这些书就是想给大家更多的选择，你跟别人不一样，不符合主流媒体所宣传的都没关系，你本身就有同等价值的 style。我也并不是要说哪个更好，这就是喜好问题，若你还是喜欢时尚，那就由你来定，但若你喜欢另类，我也想全力支持。"

"若是评论家,可不能这么说。评论家要把自己的观点固定起来,方可评论某种东西。但我是journalist(记者)。记者的使命是尽可能为大家扩大眼界,提供更多的选择。可惜现在大部分记者变成评论家,动不动说这个好那个不行,把自己放在比别人更高的位置来指挥大家。但我跟你说,大部分的记者和写手,他们的生活状态和大家差不多。难道时尚杂志上介绍百种手表的记者,真的天天用那些高档品牌吗?介绍一个晚上十万日元的温泉旅馆的你,难道每次出游就住那些高级旅馆吗?我不相信。写自己都买不起的东西干嘛呀?要写的话,就写自己最了解的吧,至少写个自己能花钱买下的东西吧。"

"可能因为我后来得了奖(木村伊兵卫摄影奖),大家认为我是摄影师。但我从不认为自己是摄影师,也没受过专业的相关训练。我去拍照是因为到现在还请不起摄影师,若有人能负责摄影部分,我会马上把相机交给他,这样我就可以专心采访或写稿了。因为我的主要目的是报道,所以我不在乎拍出来的东西美不美。有时候当记者的会忘记这点,拍照的时候过于注意美感,我也得经常提醒自己不要拍得太美。"

自由身份带来什么

从九十年代到现在,他在各种纸媒或网络媒体上开过连载栏目,连载结束之后马上做成纸质书。每年至少出一本,出两三本都算正常。这个过程,从做选题、搜集信息、采访、摄影和撰写,除了出版社的责编偶尔参与之外,通常都是他一个人完成。

"刚开始想到《TOKYO STYLE》这个选题后,我找过很多出版社,结果没人理我。那是二十五年前,日本还算景气,但每个出版社就是不肯。我又请不起摄影师,只好自己买相机和胶卷,在没有任何人支持我的情况下开始拍摄。真不知道当时为大量的胶卷和洗片花了多少钱呢。"

"接下来的《ROADSIDE JAPAN 珍日本纪行》也一样,自己开车各处跑,写稿拍摄都单干,这样才能控制成本。而这个过程让我慢慢发现,其实很多事情若一个人干,哪怕没人理解,最后还是能做成。回想过去的每本书,其实都因为我是一个人才能做出来。若组织成一个团队,每个人的负担可能会少一些,但选题上会有不同意见,出去采访一趟什么的成本也会变得庞大。一个人就自由很多,选题或写作方向能由自己来控制,不用听别人的提议。"

那么,是什么事情和动机让他能够奔跑这么久?"年过花甲,体力一年不如一年,而我做的事儿就是打电话申请采访、为了采访路费精打细算,和四十年前没啥差别。但我还是认为自己能做这份工作是侥幸,只要你能保持好奇心和素养,总能有个结果。"

出自介绍日本人如何充分发挥情色相关创造力的《LOVE HOTEL》（情人旅馆）。随着时代和建筑相关规定的变化，过去这些"到处都有"的旅馆已面临灭绝危机。（都筑响一提供）

我 介 绍 的 是 普 通 生 活 ， 却 被 称 为 另 类

日本的家庭式酒吧斯纳库。和居酒屋不同，斯纳库一般采用密闭式店铺设计，从外面无法看到里面的主人和客人，因此陌生人踏进他们的世界有一定难度。（都筑响一提供）

补记

电邮杂志《ROADSIDERS' Weekly》

都筑响一从 2012 年 1 月起主办会员制电子杂志《ROADSIDERS'Weekly》*,至今已刊行六百多期。该刊物在每周三凌晨将最新一期发到会员的邮箱里,上面满载大量的文字,以及高清版的色情、残酷、幽默和热情,让读者在早晨的通勤电车上或办公室里脸红、偷笑或流眼泪。

除了传播速度之外,对他来说电子媒体的好处颇多。都筑响一和其他内容撰稿人的文章通常附有大量的文字和图片,而电子媒体并没有排版空间相关的顾虑,"我们想写多少就写多少,读者还可以放大图片看细节。"他说。每期内容有七八篇文章,包括摄影、旅行、生活方式、艺术以及设计,内容由他邀请来的撰稿人(包括艺术家、作家、各类专家或学者)制作,不过每期都一定会有总编都筑响一提笔的一两篇,卷末附有四五则信息,是总编推荐的展览或活动。

---

* 目前(2024 年 10 月)的收费标准为每月 1080 日元。

都筑响一用 iPad 向读者"推销"自制电子书。

内容独特，但并非和现实社会完全脱轨。比如在中国某处发生的事件引起日本主流媒体的关注时，他在当期的头两篇安排了两位撰稿人写的中国游记，并在后记里写道："这并非要报道现在的中国如何如何，而只是因为我想尽快去中国旅游！说到中国，（日本）主流媒体就知道谈论政治和金钱，但在那些报道之外，还有如此丰富的日常生活，我想让尽可能多的人知道这一点。"

使劲敲击键盘

东京艺术书展（Tokyo Art Book Fair，以下称 TABF）虽然关注度高，但出摊费太贵，收益都会被出摊费抵消掉，还不一定能抽到摊位。那么就干脆办另一个书展吧！这就是 2018 年都筑响一创办 Poorman's Art Book Fair（穷人艺术书展，PABF）时的初衷。

PABF 的展期与 TABF 展场同时举行，出摊费约为人民币两百元每天，相当于 TABF 的十分之一。近年在东京一家书店举办，有二十个多摊位，皆为与《ROADSIDERS' Weekly》相关的艺术家、撰稿人或读者，摆摊销售画册、手册或摄影集等独立出版物。

谈及独立出版物，都筑响一经常会提起他在上世纪九十年代见到过的一本手工杂志。那年他参观法兰克福书展，在一个最不起眼的角落里，遇见了一名穿着皮夹克的俄罗斯青年在卖手工杂志《莫斯科滚石乐队粉色俱乐部会报》。都筑响一想买一本，对方却拒绝售卖，原因是这本杂志在青年手头也就只有五本。

"当时俄罗斯在各方面的管理很严，连复印一张纸都得向上司申请，更不用说印刷机或电脑，根本不是能做独立出版的环境。所以那个家伙用手动打字机做书，一般只用一张纸，而他会加几张纸，每张纸中间夹着复写纸，只要使劲敲击键盘，对应的字符会打到后面的纸上。只能'印'五本是这个原因，超过五张就太模糊了。"

没有足够的宣传能力，也没有在展场获得好位置的沟通能力。但这位青年对西方摇滚乐队的热情，以及渴望传达相关信息的意志力比谁都强。他就靠这种热情，背着自己做的出版物从莫斯科来到德国。

"当时日本的出版界也进入新时代，大家开始讨论用电脑做平面设计的好处，也有人宣扬活字印刷的优点。但我看到这位青年的出版物就明白，那些讨论只不过是有钱人的废话。世界上还有人使劲敲击键盘，就为了让每个字同时打到五张纸上。这样的人和书的背后，还会有迫不及待翻看独立出版物的读者。他们看内容就行，不会啰唆书的手感如何。面对这种精神，装帧、排版、或印刷技术那些方面的讲究是完全无力的。"

回到日本的都筑响一，并没有用打字机做书，但他在数十年后创办了《ROADSIDERS' Weekly》。几乎每一篇文章都载有数十张图片，有的内容撰稿人一篇文章写四万字，自 2012 年至今累计文章数量近五千篇。他之所以坚持每周一次的发行，探其根底，也是和那位莫斯科滚石青年一样的热情。

大道艺术馆

让无数人憋疯了的疫情，也没能阻挡都筑响一的步伐。这期间他与另一位好友走遍东京各地找房，为的是开一家艺术馆。最后找到的是位于中央区东向岛的一栋木造三层楼房，曾经是一家著名料亭（高级餐厅），有艺伎来表演唱歌或舞蹈，帮客人斟酒、陪聊天。向岛在江户时代以花街出名，现在仍留有约十家料亭继续营业，也是东京都内艺伎最多的地方。

"所以这一带居民的观念仍然比较传统，为了这样一个空间，我们还花了点心思。"都筑响一笑道，据说他和伙伴强调这里的"艺术性"方获得周围邻居的认可。这个空间名为大道艺术馆＊（Museum of Roadside Art），2022 年开办至今，已有不少国内外的艺术家、作家或学生纷纷前来报到。

大道艺术馆的主题，简单来说是"昭和"和"大众文化"。拂开暖帘进去，工作人员会上前寒暄几句，你脱完鞋一抬头，就会见到装在卵形透明胶囊里的女性裸体模型，来自都筑响一

＊ 大道艺术馆所在地为东京都墨田区向岛 5 丁目 28-4。官网：http://museum-of-roadsideart.com。

曾经采访的元祖国际秘宝馆鸟羽 SF 未来馆。从一楼到三楼，包括在二楼的酒吧（实体娃娃和真人来接待），展出都筑响一过去从世界各地收集到的艺术品。他解释道，自己不是一个收藏家，这些作品只不过是因为他真心喜欢才买了下来。"也有一些作品是为了获取采访的机会并展现出自己的诚意而事先购入的。"这些作品积累到他不得不在东京近郊租借仓库，而如今年近七旬的他想到，是时候花点力气整理这些收藏品，好让它们由别人继承下来。

　　大道艺术馆的导览手册中有一篇他撰写的展览说明。其中他写道："我花了很长时间，一边迷失于路旁，一边拾拢在'光'和'阴'之间似箭消逝的文化碎片，并在此展示其中的一部分。透过这块场地，若至少能够复苏已失去的文化余象，那我长达近半世纪的旅途，也不算完全徒劳无功。"

大道艺术馆二楼的酒吧，有专业的妈妈桑与客人聊天，还摆放着好几个实体娃娃。

我介绍的是普通生活,却被称为另类

都筑响一作品一览

1989 至 1992 年 艺术丛书《ArT RANDOM》共 102 册(京都书院)
1992 年《京都残酷物语》(建筑城市 workshop)
1993 年《TOKYO STYLE》(京都书院→ 2003 年筑摩文库)
1996 年《ROADSIDE JAPAN 珍日本纪行》(ASPECT → 2000 年改订增补后分为东日本 / 西日本版,筑摩文库)
1996 至 1999 年 艺术丛书《ArT RANDOM CLASSICS》,共 8 册(Lampoon House)
1997 至 2001 年《STREET DESIGN FILE》系列,共 20 册(ASPECT)
——《Hell on Wheels》(暴走族的单车改造)
——《Rosso ITALIANO》(意大利开胃酒金巴利的广告设计)
——《Portable ECSTACY》(成人情趣用品)
——《Cruising KINGDOM》(装饰货车)
——《Souvenirs from HELL》(香港的随葬品)
——《City of GIANTS》(印度马杜赖的手绘电影广告)
——《FROZEN BEAUTIES》(日本的电影广告摄影)
——《LUCHA MASCARADA》(墨西哥摔跤手面具)
——《Nightmare in Bangkok》(泰国周刊杂志的封面画集)
——《Planet MAO》(中国"文革"时期的平面设计之力)
——《Buried SPIRIT》(加纳的装饰性棺材)
——《The German SOUL》(德国的陶制花园小人)

——《Instant FUTURE》（1970年大阪世博）
——《Generation SEX》（色情电影的海报）
——《Voice of AFRICA》（南非的伪装收音机）
——《Spaghetti EROTICO》（意大利的刺激感官/血腥漫画）
——《Satellite of LOVE》（情人旅馆空间设计）
——《Dancing SKELETON》（墨西哥亡灵节）
——《Rock'n Roll CATS》（昭和时代席卷日本的"暴走猫"）
——《Techno SCULPTURE》（素人制作的电动游戏）
2001年《精子宫：鸟羽国际秘宝馆·SF未来馆》（ASPECT）
2001年《赁贷宇宙 UNIVERSE for RENT》（筑摩书房→2005年筑摩文库）
2001年《地方城市 Roadside Japan》（与大竹伸朗、北川一成共著）（ASPECT）
2003年《IMAGE CLUB》（amus arts Press）
2004年《珍世界纪行 欧洲篇》（筑摩书房）
2004年《东京鱿鱼俱乐部 如何在地球上迷失》（与村上春树、吉本由美共著）（文艺春秋）
2005年《仰看法国哥特式建筑》（与木俣元一共著）（新潮社）
2006年《性豪 安田老人回忆录》（ASPECT）
2006年《夜露死苦现代诗》（新潮社→2010年筑摩文库）
2006年《泡沫经济的肖像》（ASPECT）
2007年《巡礼：珍日本超老传》（双叶社）
2007年《HENRY DARGER'S ROOM》（IMPERIAL PRESS）
2007年《为瘦身而上路》（筑摩书房）
2008年《没人买的书也得有人买呀》（晶文社）
2008年《情人旅馆：Satellite of LOVE》（ASPECT）
2008年《穿衣穿到穷 HAPPY VICTIMS》（青幻舍→2018年fukkan.com）
2008年《大阪世博 Instant FUTURE》（ASPECT）
2009年《秘宝馆》（ASPECT）
2009年《BORO：青森的裂织文化》（ASPECT）
2009年《现代美术场外乱斗》（洋泉社）
2009年《设计猪快爬树去》（洋泉社）
2010年《Showa Style：再编·建筑摄影文库（商业建筑）》（彰国社）
2010年《ROADSIDE USA 珍世界纪行 美国篇》（ASPECT）
2010年《HELL：环游地狱 泰国篇》（洋泉社）
2010年《天堂的掺水酒味：东京家庭酒吧米其林》（广济堂出版）

我介绍的是普通生活，却被称为另类　　　　　　　　　159

都筑响一的著作把独立书店的书架挤得满满当当，摄于东京都新宿区的书店模索舍。

2010 年《HEAVEN 与都筑响一巡礼的日本》（青幻舍）
2011 年《东京家庭式酒吧巡礼：妈妈桑我要存酒》（MILLION PUBLISHING）
2011 年《独立系演歌的世界》（平凡社）
2011 年《珍日本超老传》（筑摩书房）
2012 年 电邮杂志《ROADSIDERS'Weekly》创刊（至今每周三更新）
2012 年《东京右半分》（筑摩书房）
2013 年《嘻哈诗人们》（新潮社）
2013 年《独居老人 Style》（筑摩书房）
2014 年《监狱良品：Made in PRISON》（ASPECT）
2014 年《ROADSIDE BOOKS：书评 2006—2014》（本の杂志社）
2015 年《圈外编辑》（朝日出版社）
2017 年《无法扔掉的 T 恤衫》（筑摩书房）
2021 年《Neverland Diner：再也去不了的那家店》（KENELE BOOKS）
2021 年《IDOL STYLE》（双叶社）
2022 年《Museum of Mom's Art》（KENELE BOOKS）
2024 年《Outsider Photography in Japan 指尖之恋》（KENELE BOOKS）

汪楠创办的送书机构里堆着可供监狱囚犯借阅的图书。

CHAPTER

07

在别人土地上成长

——

**专访华人暴走族"怒罗权"创始人
汪楠**

汪楠

1972 年生于吉林省长春市，1986 年随父亲和身为日本遗孤的继母赴日，至今生活在日本。在初中一年级与遗孤二代的同学组建"龙的传人"，该组织日后发展成准暴力团"怒罗权"。在日本的收容所和监狱待过一共二十年，2015 年创立非营利组织"回归本来"，为监狱里的囚犯提供寄书服务。喜欢的作品有《阿 Q 正传》（鲁迅）、《堕落论》（坂口安吾）以及日本偶像筱崎爱的写真集。

汪楠当时十四岁，到日本才一个礼拜，在东京都江户川区一所初中学校面对着陌生的老师和同学。他们说着他听不懂的语言，一个来自中国东北的男孩子，完全不知所措。

之后他如何成为华人暴走族"怒罗权"的创立人之一、与日本黑社会扯上关系、在监狱里蹲了十三年，又后来他为何组建为监狱犯人送书的非营利组织"回归本来"（ほんにかえる），我顺藤摸瓜思索下来，发现这一切和二战和战后、以及日本遗孤的历史有关。所以，这个故事还是得从七十多年前开始讲述。

日本遗孤的"回国"

昭和二十年（1945），在中国东北地区除了日本军人之外还有155万日本人，其中27万人以"开拓团"的名义从事农业。8月9日因苏联突然出兵东北，该地区的日本人在混乱中随军溃退、慌张逃散。此时的开拓团情况尤其艰难，一是因为他们的居住地离铁道沿线很远，二是因为当时开拓团的青壮年男性都被征兵到战况激烈的南方，团里只剩下老人、妇女和孩子。徒步逃难的过程中，他们有的集体自杀，有的在极度疲劳和饥饿中因病死亡，成千上万的儿童因父母死亡、与亲人走散等原因陷入走投无路的境地。不少日本儿童被中国家庭收养长大，他们后来被称为"残留孤儿"（zanryūkoji，日本遗孤、遗华日侨）*。

1972年中日邦交正常化，首先从中国回到日本的是残留妇人。很快，日本国内的媒体开始讨论还留在中国的遗孤，日本政府在报社的协助下从1975年开始进行关于遗孤的公开调查。据报道，包括残留孤儿在内的中国残留邦人回国热潮有两次，分别在1987年和1990年，据日本厚生劳动省统计，截至2024年办理永久回国手续的残留妇人共有4168人（算上其家人的总数为11 531人），残留孤儿有2557人（算上家人则为9381人）。如今战争过去已有70多年，遗孤的平均年龄达到76.0岁（2015年日本政府调查时）、70岁以上的占有93.4%。另外，还有两三百名遗孤在中国继续生活，他们中的大部分人都愿意在中国国内终老。

那么，日本遗孤的问题是否已经解决？其实遗孤的真正问题，在他们回到日本后才开始。遗孤和遗孤的孩子（后称"二代"）在中国当地的环境中长大，虽然血统上算是日本人，但语言、生活习惯和价值观都和中国人没有区别。回到日本的遗孤马上要面对如何学会"外语"的难题，也得尽快让自己融入新的生

---

* 当时，除了遗孤外，还有为了生存或自愿进入东北家庭的日本女性，她们后来被称为残留妇人。残留孤儿（1945年时年龄在13岁以下）和残留妇人在日语中总称为中国残留邦人。

活环境，这些都是人生的巨大挑战。有时候他们再努力，日本社会的集体主义和排斥氛围还是会让他们感到孤独、无奈或委屈。

被骗来日本

话说回汪楠。他在中日邦交正常化的1972年生于长春，父母都是当地人。汪楠的曾祖父是大地主，其儿子在大学期间遇到一位美女，便与她陷入爱河，这位女性就是汪楠的奶奶。

"奶奶是非常热血的共产党员，在她的影响之下爷爷也入了党，并把继承下来的土地都分给了农民。后来他们生育八个儿女，长男成为心脏科医生，次男是我的父亲，是个外科医生，三男从英国留学回来成为金融学的教授，等等，八个兄弟姐妹统统上过大学，当时的汪家可谓是名实相符的书香门第。"

汪楠的父亲对小儿麻痹后遗症的治疗方面有所贡献，又当过副院长。他的母亲当时是公共汽车的乘务员，外公是商业相关部门的公务员。汪楠在著作《我的童年》（私の生い立ち）中回忆道："父亲年轻时学过日语，也会唱日语歌，我母亲也会唱了，经常邀请朋友和同事到家里放日语歌。夫妻关系本来挺好，后来因为后辈夫妇没有分到房子，父亲毫不犹豫地让他们住进我们家，结果那丈夫和我的母亲背叛了我父亲，这严重影响到他们俩的关系。……不过这是我后来才慢慢明白的。"

"文革"结束时汪楠才四岁，但对那段历史他有模糊的回忆：

受访时的汪楠，摄于送书组织回归本来事务所（东京都江户川区）。

"记得有一天晚上，家里只有母亲和我，那时候父亲很晚才回家，可能工作忙，也可能夫妻关系已经到了极点，姐姐也托给外公家了。我听到有人敲门，虽然母亲拒绝开门，但外面来的人越来越多，最后母亲抵抗不住，邻居也没有一个出来帮忙，家里被好几个年轻人抢劫了。人没事，但家里被抢得精光，地上只剩下一根筷子。之后父亲被关了很长时间。"

据汪楠描述，他年少时喜欢数学，成绩优异，是家喻户晓的神童，作文方面也有实力。他回忆道，被抢劫的那个家门口本来有一块黑板，父亲每天在上面写一道题目，要儿子当天作好一首诗。整个社会物质条件比较差的当时，少年汪楠可以从设计师伯母那里搞到高级铅笔，让同学们羡慕到不行，母亲也每天看着儿子做作业，把儿子的铅笔用父亲的手术刀削好，再放进笔袋。但自从被抄的那天，他的父亲嗜烟如命，性格变得暴躁，经常对妻子施暴，汪楠也经常挨打。"后来我在小学五年里转校一共十二次，可能和这也有点关系。"

汪楠的父母离了婚，父亲在1982年跟一名遗孤再婚。"我是十四岁时（1986年）被父亲骗到日本来的，当时父亲突然来到我住的爷爷奶奶家，问我想不想去坐船玩玩。他非要带我坐船去上海，到上海之后又说要坐更大的船，然后就来到了日本神户港。"

据1986年日本厚生省援护局调查，从中国回来的遗孤当中，曾居住在中国东北地区的占89.7%，平均年龄为44.9岁。从这个年龄可以想象，那段时间回到日本的不少遗孤（一代）都是在育儿阶段，带着孩子（二代）回到日本。汪楠的亲生父母都是中国人，在狭义上他并非遗孤二代，但他的年龄和到日本之后的环境以及面临的困难（包括外界投来的目光）与遗孤二代非常相似。

"滚回中国"

因为两国的医师执照不通用，汪楠的父亲到了日本之后不再是著名的外科医生，为了取得整体师（类似于中国的推拿师或整骨师）执照，父亲开始留学生般的生活，白天上课，晚上打工洗碗，收入有限的情况下全家必须节俭。居住环境并不佳，小小的两间房住了七个人，包括继母的孩子在内。除家庭和居住问题外，汪楠还得面临学校生活中的种种困难。

"我来日本的第二周就上了初中，在江户川区的葛西中学，遗孤二代也不少，大概有六十个人。葛西中学有日语班，这班里的同学处境都差不多，穿的是前辈留下的校服和鞋子，也因此被日本同学嘲笑，还被骂'滚回中国'。我的校服是学校从不良少年那里没收的，尺寸不合适，领子又被改得高高耸立着，看到穿着异类的我，日本同学当然不放过。"

在家乡被称为神童的孩子，到了日本一下子就被卷入弱势群体，这可谓是天渊之别。"本来在家乡过得好好的，怎么被骗到日本之后又得过这么难受的生活呢？"他心里对父亲和日本社会充满了怨恨，其实是可以理解的。"也许学好日语，情况会好一些。"汪楠当时还抱有小小的希望，但他不久发现，即使学会了日语，遗孤二代仍旧遭受同学的排斥。"因为这不是语言问题，而是心态问题。他们看不起中国。"

遗孤二代少年不服气，为了抵抗，也为了保护自己，在1986年组建了"龙的传人"小组，十二个成员全是日语班的学生，一年级包括汪楠有三个，二年级有七个，三年级有两个。汪楠回忆道，当时的成员共有一种心态，那就是孤独感，还有再怎么努力也无法被日本社会接受的无奈和疏离感。

在汪楠的这些回忆里，日本的校园生活的确是不堪回首的经历，除了一位日语老师岩田忠（Iwata Tadashi）。因为刚经过第一次石油危机，岩田忠大学本科毕业的1976年工作特别难找，他不情愿地当了一名初中老师。由于在大学学过中文，他被分配到葛西中学，随后的十七年为四百多名学生教日语，其中大部分的学生是遗孤二代。"其他老师对我们遗孤二代的态度是要么视而不见，要么严格管理，就只有岩田老师愿意跟我们交流。该骂的时候就骂，这总比别人对你的冷漠和轻视带来的精神痛苦好很多。"

汪楠说道。

为不被日本学生欺负，遗孤二代开始一起上下课，放学后就聚集在"常盘寮"打发时间。这是为公费归国的遗孤家属提供的宿舍，离葛西中学步行五六分钟的距离。

"常盘寮的一楼有一台粉红色的投币式电话。'龙的传人'成立之后，别的二代每次被日本同学欺负就打电话来求助，我们一接到电话就赶到现场报复，我们把这叫作'长征'。长征刚开始是用跑的，后来学会偷自行车，骑车到现场更快。有时候因为偷车行为被发现，几个成员当场被警察抓走，咱们也不管，少了几个也没事儿，就忙着赶路去打日本孩子。那时候的我们就如二代孩子的英雄，不管打得成功不成功，二代孩子都可高兴呢，从自己家里偷来米饭，直接放在塑料袋里，拌点酱油后递给我们，算是保护费。我们十几个人直接伸手进袋子里抓饭

八十年代的葛西一带。（江户川区提供）

吃。我们那时候很穷的，啥都买不起，我用的笔就是日本同学扔掉的自动铅笔，或是从教室垃圾桶捡来的。说来也怪，八十年代的日本经济特别好，而我们只能靠捡来的汉堡填饱肚子。"

"怒罗权"成立之后

以暴力和犯罪为媒介，汪楠找到了你我同舟共济的伙伴们。"龙的传人"成立一年后改名为"怒罗权"（日文发音为 doragon，指的是龙 /dragon），意思是"对日本社会的愤怒、成员之间的团结以及生活的权利"。一开始是不想受日本人欺负而组建的帮派，在成员之间作为中国人的自我意识比较强，他们在国旗上写"怒罗权"，挥着这面旗帜去打人、砸警察局。汪楠回忆当时道："就只能那样了。而且若没有怒罗权，真不知道自己还会怎么样。也可以说，至少当时，我是透过怒罗权才有了在日本失去很久的自我认同感。至于暴力，我现在的立场是否定它的，但我也明白有时候暴力就是最后的手段，比如遭遇同学的欺负，暴力就是最有效的抵抗方法。"

到了1987年末，怒罗权成员总数达数十个，有意思的是有的日本不良少年也开始加入怒罗权[*]。遗孤二代成员为了不让日本成员感到受排挤，有日本成员在场时都用日语聊天。对随后的成员

---

[*] 据《怒罗权》（小野登志郎著）中的怒罗权日本成员采访记录，日本其他黑社会组织和怒罗权还是有不同之处，前者的上下关系格外严明，后者更像大家族，部分日本成员因不习惯日本黑社会的氛围而选择怒罗权。

扩大，位于池袋的电影院"文艺坐"[*]也无意中做出了一份小贡献。当时这座电影院每年举办"中国电影节"，分散于首都圈的遗孤二代借此机会见面交流，情投意合的几个人会组织起"八王子怒罗权"、"府中怒罗权"等分部。久而久之，怒罗权规模变大的同时，原先的目标——报复欺负二代的日本人——渐渐淡化，他们开始骑着改装过的摩托车穿梭在车辆之间，或威吓小混混索钱。"可能刚开始要一千日元，后来跟黑社会的人打交道，要的钱变成一百万、五百万，就这样。"

十八岁那年汪楠成为住吉会系的"指定暴力团"组员[**]。次年因为其他组员偷了汪楠的钱，他索性用日本刀砍下对方的胳膊（后来手术成功接回），故此上了通缉犯名单。"逃的时候带了一个黑社会老板的儿子，因为他有信用卡。但后来还是被抓了，被送进管教所。在那里我的学习成绩还不错，也学会了手风琴。本想学吉他，但太多人想学，轮不到我。每天早上大家唱'院歌'，我就用手风琴来伴奏。那里还有两个书架，也不大，一共也就三四百册吧，我在那一年里把这些都读完了。那是我第一次那么认真看日文书。这个管教所我待了两年，其实一般不需要那么久，若家长来接你，十个月就能出来，但我的父亲和继母都不管。"

汪楠在二十五岁时因为和别的组织产生矛盾，被暴力团开

---
[*] 文艺坐于1956年创立，曾位于东京都丰岛区，1997年一度关闭，2000年重新开办并改名为"新文艺坐"。
[**] 日本政府依据《暴力团对策法》，根据暴力团的规模、有犯罪经历的团员占比、对社会的危险程度等条件，将该暴力团判定为"指定暴力团"，加强管制和监控。

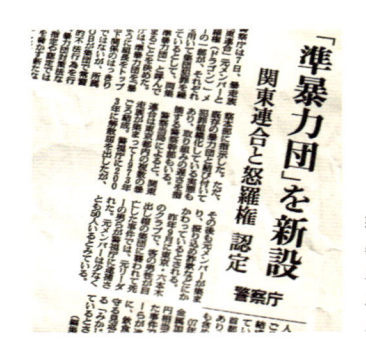

怒罗权在2013年被日本警察厅认定为"准暴力团",指的是虽然没有"暴力团"那么明显的上下结构,但习惯性地进行非法行为的反社会集团。(图为《朝日新闻》2013年3月7日报道)

除,但还是继续与怒罗权的伙伴做过很多事,被抓得也多。"(当时)我一次都没有反省过呢。这些都不是因为一时冲动,而是因为我们没钱,有需要才干的。所以即使被抓,也不肯说自己再也不会去偷东西。"

"那段时间我最感兴趣的是偷窃,所以研究了不少警报器,有好多种,也有警方参与开发、专业开锁师傅来拆卸都会发出警报的那种。而我就特意选设有这种警报器的地方偷,因为有种快感。后来我被抓的时候,警方很想知道我是怎么拆的,因为他们正要开发新的款式,必须明白安全漏洞在哪里。我接受了,因为不晓得自己要关五年还是十年,反正等我出来这些技术都过时了。但问题是工具,因为我被抓的时候把自己的工具都扔了。警方说这不成问题,然后带我到一个房间,像是一个室内运动场,地上摆了好多他们从别的犯人那里没收来的工具,还有各种警报器和钥匙。"

本次采访中,汪楠仔细解释了关闭警报器的各种方案、地震波和警报器的关系，以及在盗窃行为中激光笔的特殊用处等，我也受益匪浅。虽然此处只能舍弃，无法详述，但从这些细节中就可以确定，他敏而好学、精明能干，不是一般的聪明人。

到了2000年，汪楠带领中日双方的朋友实行大规模的偷窃计划。他们首先在夜间侵入暴力团的办公室，偷他们的银行存折。第二天由别的帮手到银行取款。为了不被发现，之后又把存折好好地放回去。"这个方案可行，我们成功了十多次，也'赚'了十亿日元以上。"

当时的日本刚好迎来信息技术行业的高速成长时期，经济情况也有所好转。汪楠也以企业经营者的身份每天晚上在高级餐厅和顾客互相敬酒，一瓶就相当于人民币好几万元。朋友家孩子过生日，汪楠租下一座游乐园庆祝。"那是一种万能感。"他说道。但好景不长，2000年8月的某一天，汪楠从银行取款机取了三千八百万日元，随后到机场时被警方抓获。警方还查出近半年间汪楠盗窃的财物价值超过一亿六千万日元。但汪楠还是老样子，说"若只道个歉，谁都会"，在法庭上拒绝表示歉意或反省，2002年在东京地方裁判所被判处有期徒刑十三年。

"L 就是 long"

"我当时下狱是在岐阜县，收 LB 级囚犯的监狱。在日本，囚犯被分成 A 级和 B 级，A 是轻度犯罪倾向，B 是这个人带有比较严重的犯罪倾向，就是重刑犯。前面的指标分类更丰富，L 就是 long（长期），W 是女性，Y 是 young，指二十六岁以下的年轻人。也有 F，就是外国人。当时我没有被分类成 F，首先是因为做过太多事情，犯罪倾向确实严重，还有因为我认识的人很多、点子多，又能成群结党，随便弄个组织不成问题，他们认为还是给我打上 B 比较合适*。日本一共六十多所监狱里，收 LB 级的有四个，除了岐阜县，还有宫城县、德岛县和熊本县。"

"我在岐阜县（的监狱里）遇到过一个职员。监狱里偶尔举办囚犯参加的围棋大会和乒乓球比赛，这个职员认定我这个来自中国的囚犯肯定很牛，因为国际上中国的围棋和乒乓球很有名嘛，他统统打赌我会赢，他们赌的是食堂的乌冬面券。结果他输得很惨。说实在，这两项我都没学过。他好生气呀，骂我一句，我觉得没道理，就回了一句，结果我们打起来了。发生这种事情的犯人会被放进'保护房'三天，四面墙壁全是橡胶的单独楼房，你被打得多厉害也不会死。身上扣着一种刑具，肋骨被压得嘎吱嘎吱作响，连呼吸都很吃力。双手被扣在背后，可他们带饭给我的时候，把一双筷子好好地放在大碗旁边，你看这多刁难。不能用手，你只能把头埋进碗里吃，但是呢，他们又故意把饭放在一个很深的容器里，你根本吃不到饭。后来我学会了，用牙齿

---

* 汪楠的自我认同一向是中国人。但在法律手续上，他目前不能算是中国人。汪楠曾经解释过，他十四岁来日本时用中国护照办理入境手续，但定居在日本之后该护照被吊销。遗孤二代在日本能申请"定居者"等在留资格，但汪楠因为在管教所期间工作人员没有按规定帮他办相关更新手续，失去了在留资格。在中日双方都没有身份的他，既不能出国也无法拥有稳定的工作。

汪楠的著作《我的童年》（私の生い立ち），由回归本来发行。

叼着容器倒着吃。不过这个打赌的职员后来和我变成了好朋友。他说高中毕业后就做这份工作，已经三十多年了，其间没有人那么认真跟他打架，我是头一个。"

"阿 Q" 的悲伤

从这则小故事也能看出，汪楠其实擅长与人沟通，只要他认为对方有诚意，他也会敞开胸怀与别人交流。从汪楠还在初中时就认识他的律师石井小夜子回忆道，汪楠当时没有表示过深刻反省的态度，而有一次他们聊到鲁迅时，他的表达方式突然有了一个转变。她说："那时候我们聊到《阿 Q 正传》，汪楠说自己还在中国的时候就喜欢看。我感觉他把自己和阿 Q 视为同类，没钱、没有房子也没有知识的他，唯有一颗很强的自尊心，如果被打耳光，就以所谓的精神胜利法安慰自己。"汪楠的这个立场，从后来他向法官提交的上诉状里也能看出："阿 Q 的心底有愤怒和不解，为什么当乞丐就得被欺负。面对欺负阿 Q 的那群人、看不起我的那些人，我和阿 Q 都没有知识能够反驳他们。"

这也是为什么他被收监后开始阅读大量的书籍的原因之一。阅读范围也相当广泛，小说、哲学、宗教、社会等，在监狱里能借阅的都不够，他托志愿者把书寄到监狱，继续看书。除了书的内容外还打动汪楠的，是与志愿者的沟通。除了平时的信件来往、贺卡或生日卡，只要有人写信给他，汪楠都会回信，最后的信件来往已达数百封*。对汪楠来说，这是一种新鲜经验，因为他自从赴日那天开始能够交流的人群范围——尤其是成人——有限，大部分是老师、警察、狱警或囚犯，并没有太多机会与"过着普通生活的人"建立关系。

"说来有些奇怪，我在这个监狱里竟然获得了自己人生中最充实的环境，也拥有了算是最正常的人际关系。（略）因为有人愿意理解我的痛苦，我才开始明白别人的痛苦。……我在此决定，将来不辜负大家的期待，实现通过与大家交流学到的信念和价值观。"

出狱后的困窘

2014年他服满十三年刑期，离开了监狱。他被释放后参与了不少活动，比如为回归的遗华日侨当口译、救援流浪者等，其中规模比较大、在他生活中占据大部分时间的是回归本来。

"出狱后的人其实是挺脆弱的，而给他们提供帮助的渠道目

---

* 收监期间的信件内容需要被开封检查。

前根本不够。你可能没办法想象监狱里的生活给人的影响多大。在里面蹲几年、十几年,你会慢慢失去日常生活所需的各种概念和常识,因为监狱里的生活非常单一。比如经济,监狱里没有可以花钱的地方,偶尔买内裤、袜子、肥皂、牙刷什么的,一个月有五千日元就够了。买这些都是别人帮你扣钱,有的囚犯因为收监时间太长,已经有几十年没见过钱,最后一次看到的一万日元纸币都是上一代纸币的图案。就这样,很多人被释放后,恢复收支管理能力就需要一段时间。我刚出来时比较困惑的还有一点,就是无法做决定。比如中午跟朋友商量要吃什么,'我们昨天吃了拉面,那么今天吃荞麦面吧'这种选择和思考我就不会了,因为每天三餐有人帮你安排,在监狱里完全不需要考虑该吃啥。我出来快五年,现在好了许多,但我刚开始脑子真不好使,每一餐要吃什么,这么简单的决定都很吃力,有点像患了老年痴呆一样。还有,监狱里的生活会让你失去方向感,因为从监狱房出来右手边是食堂,再往前走就是工作坊,这都是固定的。而一般人走在外面,自然会记住这个那个作为标记,但我连这都不会了。"

"再比如,在监狱里吃咖喱饭,你吃久了,盘子里的咖喱汁和米饭的比例都很熟悉,你不用动脑筋,吃完米饭很自然地咖喱汁也没了。但这个社会里每家餐馆的咖喱汁和米饭的比例都不一样,所以我出来后吃咖喱饭,有时候吃完米饭,咖喱汁还剩很多,因为脑子太僵硬了,连这都无法调整。(笑)"

"我在监狱里观察到,其实在日本因为贫困犯罪的还是属于

回归本来的会员期刊《回归／青蛙之歌》（かえるのうた）。在日语中，"回归"和"青蛙"是谐音。封面的女性是一位囚犯画的自己的母亲。

少数。人为什么犯罪，追溯根底，是因为孤独。没有被家人或社会接受、自我认同感很弱，长久下来就会认为这整个社会对他有敌意，以为大家都对你不好，也会养成反社会的心态。你没办法完全相信别人，甚至在被别人欺骗或抛弃之前，自己就试图先欺骗对方。"

汪楠回忆，监狱里的十三年相当残酷，他能坚持下来是因为有朋友、家人和志愿者的鼓励。

"不过，像我这样能够与外界保持关系的，其实蛮少。大部分囚犯不管在收监期间，或被释放、回到社会里之后，都属于极端的孤立状态。因为长期孤独，他们不太能够意识到自己是社会的一个成员，这种心态很容易让人犯罪。如果你能感觉到自己没有被忽略，并且是和社会有联结的，这会带来一种安心感。囚犯也是，有了这个感觉和自觉，我们才能够反省或改过自新。那么如何让监狱里的囚犯保持与外界的沟通呢，就只有'外部交通'——这是日本的法律用词，意思是会见和写信。当

最有人气的"书"是色情杂志。

然我一个人到日本各地与囚犯见面是不可能的,所以与其他志愿者携手,透过寄书的方式与他们沟通,保持联系。看书就能够明白别人的思考方式,透过寄书和信件的来往恢复对别人的信任,这是建立与外界关系的一个基础。"

你还来得及

回归本来的事务所在东京都江户川区,汪楠也在这里居住过一段时间。一楼是办事处,通往二楼的楼梯和二楼的生活空间,塞满了志愿者从各地寄来的书籍,已达七千本以上。他与志愿者首先给这些书分类,做成书单(目前有三千多本),并寄给监狱里的会员(已被收监的囚犯)。志愿者按会员写的申请书从书架取书,包装好,再寄到各地的监狱。

"我们的会员目前有两百人以上,其中我个人负责的大概有五十个人。加入会员要一年两千日元,一年平均寄书三次吧,若

回归本来的事务所。

等待寄送的书籍。

有人经济上有困难，我们会考虑免会员费。其实你在监狱里也可以买书的，每个监狱在当地有合作的书店，一般是和监狱所长有'关系'的店。若你有想要的书，写个申请就行。但书店卖的都是新书，现在谁愿意以定价买书呀，太贵了[*]。而且那些书店很不可靠，你明明订了六本，结果只收到两本，或订了上中下卷三本全集，却只收到下卷。所以很多囚犯想加入我们这个组织。其实，若考虑邮寄费、上网等通信费以及时间成本，我们的会员费实在太低，虽然外面有一些人捐款给我们，但每年还是会亏钱的。我也得生活呢，所以最近把部分业务交给其他的志愿者，自己又开始接装修方面的工作。"

志愿者不定期来整理汪楠家里的库存，有些书太专业或长期无人问津，就卖给二手书店。若有会员想买书单以外的书籍，也可以申请网络代购，让志愿者在日本亚马逊上搜索二手书。

"在亚马逊上的二手书店里，很多书，比如过去的畅销书的价格只要一块钱，邮寄费反而比较贵，一般要两百五十七日元。我们加百分之三十的手续费，这样会员负担三百三十五日元就能买到自己想要的书。可要买新的书，至少要一千日元呢。所以很多人想加入我们的会员，有不少人不管我们组织的主旨，就是因为想看自己想要的书，我们也接受。因为不晓得哪天他因为书中的一句话，心里会有很大的变化。不过成为会员还是有

---

[*] 日本采用"再贩卖价格维持制度"，规定在一定时间段内书店等销售渠道必须按出版社的定价销售，不得擅自降价。

标准的，比如犯了性犯罪的，我们不接受。不过曾经有个性侵犯的囚犯，他自认不能加入，然后捐二百日元给我们，意思是还是想支持我们。这个人我们后来还是接受了，并嘱咐他说不能帮他买恋童癖类的书。SM可以，因为那是成人和成人在同意之下进行的行为。"

回归本来的活动里，寄书当然是核心业务，但其实还有更重要的一点，就是与囚犯建立一种信任关系。汪楠最明白这点，因为他自己就是透过信件的来往才感觉到这社会里还有关心他的人，而他便从这个小小的信任感开始，一步步地把对外界的不信任缓解下来。

"比如，有个囚犯在信件里跟我说，他其实从没真正想过改过自新，因为为了生存，他在外面的世界里一直当黑社会，这是他的生存之道。他又说，自己也不是想要这样的人生，但又不知

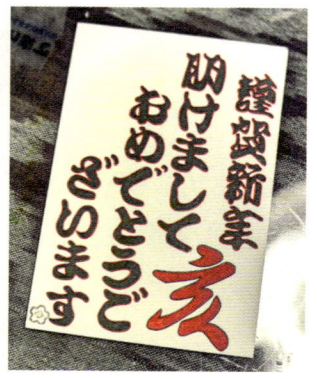

囚犯们寄来的贺年卡。写字和画图水平都相当高。

道还能有什么其他路。开始写信交流后,他花了两年才告诉我他这个想法。所谓的'交流'就得花时间,很多时间需要默默地陪同。很多其他志愿者组织,说是要帮助囚犯改过自新,但他们等不了这么长时间,一开始就催促对方反思,不停地提醒囚犯'反省'、'考虑被害者的心情'。这就像西药和中药的区别,他们是西药,我们属于后者,起效慢、擅长治人。很多囚犯的心里有创伤,比如被拒绝、被背叛,这些人际关系上的问题是人造成的,那么只能透过人来治愈。他写了封信给我们,我们必有回复,这对他来说会是一个活下去的希望。"

"在监狱里,偶尔会有机会听演讲,上台的人是法务省邀请来的。比如过去进过监狱的,出来之后改过自新,当了牧师,讲的就是所谓的成功史。但是,在监狱里的囚犯听这些人的故事,要么觉得自己比不过那些人,要么觉得台上的人说为上帝而活什么的很假。所以我们这个组织不要求你当'圣人君子',哪怕吸毒的人也不要求之后一辈子不吸毒,至少这一段时间尽量克己就好。你想想,很多人过去十几年甚至几十年做坏事,改过来也相当困难。我也一样,并不是君子,更不是圣人,到现在也经常喝酒打架。但我还是想让他们看见,像我这种人也能生存下来,也不犯罪,出来之后有了朋友、办组织,还像今天这样偶尔有人来采访。我想跟囚犯们说,你也可以这样,还来得及。"

不要勉强自己当好人

我对汪楠的采访,是在一栋公寓里,位于东京都西边闹中取静的住宅区。为什么要在这里接受采访,是因为这段时间他忙于装修这里的一间套房,据他介绍,这里的房东来自日本小家庭,透过基督教组织认识的。进门左手边有已经装修好的洗澡间,大房间约有二十平方米,附上大阳台。房间里有几块大木板靠着墙立着,是汪楠昨天刷完油漆的拉门。他叼着烟,要么撕开木板上的胶带,要么整理工具,我也偶尔帮个忙,同时进行采访。

"日本的再犯率有百分之五十以上,那是因为你出狱之后还是无法被社会接受,认可他们的存在的人少之又少,他们是孤立的。这点,哪怕他们自己有意改过自新,也会容易遇到挫折。比如,他们出狱后经常找不着房子,因为很多房东不愿意把房子租给这些人。没地方住就找不到工作,没有收入就很容易再犯罪,偷东西、喝酒喝太多、干傻事等。工作方面也会遇到各种困难,一旦被知道有前科,找份临时工都有困难。我们必须跳出这种恶性循环,所以我就想到了这个点子,就是把我装修好的这些房子租给被释放出来的囚犯。首先我来找房东,以低价负责房间的装修,交换条件就是房子租给他们。除了这间房子外,我在东京郊区找到了另外一栋房子,特别破旧,在那里的装修也是我自己干的,房东是中国台湾人,也同意租给出狱后的人了。"

"其实我没学过装修,但感觉还可以。前一阵子我弄了一家斯纳库的装修,是我女友要开的,此前我咨询过外面的装修公司,他们的报价是六百万,所以我决定自己动手试试看,结果只花了两百万就弄好了。后来装修公司的工人也来看,他们目瞪口呆,也没想到我这个门外汉能做到那种水平吧。这里的装修也一样,装修公司的报价是一百五十万,房东有点不能接受,我说那就自己来,六十五万成交。后来才发觉这个价格有点亏,连工人的薪水都得自己掏腰包。"

"因为我是个门外汉,偶尔需要向别人咨询。在建筑行业里有不少人之前待过监狱,我打电话问其中一个,比如怎么搭脚手架。他说自己不是特别清楚,让我等到明天。原来他去问了自己的前辈,第二天他打来电话,花两个小时跟我条分缕析了一遍。说实话,这些我查一下 Youtube 就可以了,网上有好多人用视频介绍装修秘诀,一清二楚,但我还是愿意去问他,因为他渴望被需要的感觉。这种小事才能让他感觉到自己也是社会的一个成员。"

回归本来

后来汪楠身上有了一些变化。在前面提到的"女友"成为他的妻子,当时汪楠在朋友圈发照片并宣告:"终于有人跟我结婚了。"照片里的两人在一家居酒屋,挨在一起露出灿烂的笑容。我不经意间回想起他在采访中嘟囔的一句:"现在呢,就是没钱,但每天都有事可做,真实地感受大家的关心,其实我的生活很充实。"

2021年汪楠的自传《怒罗权与我：创设期成员的愤怒与悲哀的半生》（怒羅権と私：創設期メンバーの怒りと悲しみの半生）在日本由彩图社出版。顾名思义，该书主要讲述他的成长过程，以及在怒罗权中发生的种种故事，出版三年后还停留在日本亚马逊"暴力团"相关书籍分类中的第二十六位，销量应该不错。我在一个聚会中还遇到过一位著名出版社的编辑，得知他们正在准备出汪楠的第二本自传。"上一本也挺好，但讲黑社会讲得有点多，是为了吸引眼球呗。但我认为汪先生的魅力不在这里。"这位编辑自信地跟我说道。

这些年我偶尔会参加回归本来的常规作业，他们每月两次在江户川区的事务所集合，整理书籍、扫码、存档或寄书。让我意外的是汪楠每次都会参加。他在2022年与夫人搬进新家，已经不住在事务所二楼，但他很多时候是第一个报到，等待其他成员到来，也有时候晚一两个小时才来，说是"昨天喝多了"。通信群里有四十多位志愿者，固定参加作业的有五六位，汪楠负責指揮，也会跟我们整理书籍、打扫房间或到邮局把一堆书籍寄出去。

到下午一两点，寄书作业告一段落，汪楠坐在窄小的事务所抽起烟，我们也三三五五坐在各个角落跟他聊天。汪楠爱讲故事，多多少少都跟黑社会或监狱里的回忆有关，有一位中年男性志愿者跟我说，他来参加活动一是因为认可组织的目标，二是喜欢听汪楠讲故事。汪楠确实是个高手，故事讲得跌宕起伏，人物描写鲜活生动，虽然有的故事我听了两三遍，且其细节会有少许变动，但也无碍，还是让人听得津津有味。也有最近发生的新故事。为了帮助刚从监狱里出来的"新人"，他经常提供住宿、借钱借手机等，也因此总被麻烦缠身，听着他的讲述我惊叹于他的耐心。不知道那些人背叛过他多少次，他身边不知道有多少欠债不还的人。有时候眼看他好似无底的"善良"，我有些不解。

他在曾经的采访中说自己想学好"意义治疗"*，并希望把这当作毕生事业。

"我们小时候都会有个梦想，长大了想做什么、从事什么职业，人就冲着这个梦想而努力，这叫人生嘛。在监狱里的人也是一样，他们小时候的梦想肯定不会是当犯人，但还是难免有部分人去偷东西、吸毒或杀人，他们越走过人生，越远离自己起初的目标。他们可能会以为一切太晚了，但我还是陪他们并告诉他们，其实从现在开始也来得及，我们一起想一想以后的人生还能怎么安排。这就是意义治疗中的一种方法。很多曾经犯过罪的，在改过自新的过程中一下子要做好人，这很难。我们的起跑线和别人就不一样，是从'负'开始的。能达到'零'就不错，别想一下子得到一百分。"

所以，一天晚上打开手机看新闻，看到"汪楠"这个名字时，

---

* 意义治疗（logotherapy），奥地利精神病学家维克多·弗兰克（Viktor Emil Frankl, 1905—1997）提倡的心理治疗方式，协助患者从生活中领悟自己生命的意义，进而面对现实，努力追求生命的意义。

我感到有些意外。报道称，2023年10月警视厅搜查一课将涉嫌策划抢劫的"怒罗权创设成员汪楠"逮捕。据说同年3月在池袋发生过一死二伤的入室抢劫案，幕后就有汪楠。警方还在调查汪楠近年的活动，至今他被逮捕一年，还没被释放。但回归本来还持续着，每月两次的作业日、与犯人的通信往来，都照样进行。*

汪楠说得没错，在改过自新的过程中一下子要做好人，很难。在日本流行过"扭蛋游戏"这个说法，这是一种比喻，一个人出生在什么家庭、时代或社会，或者一个人拥有什么样的长相或身体，就像玩扭蛋游戏一样，根本无法做选择。我感觉这个比喻过于轻盈，但不得不承认一方面的真实性。那么，如果一种人生是随机抽中的，我们是否应该更用力想象另一种人生？那是我很可能抽到的另一种人生，跟现在的自己一纸之隔的另一个自我。想到这点时，我突然明白过来，他曾经为何对那些犯人们那么有耐心。在他们的无奈中，汪楠应该看到过自己。

犯罪不能纵容。但之所以"龙的传人"在东京诞生，至少一方面的原因是当时周围的社会缺少与他们接触的渠道。然而，回溯汪楠和这个小组成员当时来到日本的缘故所在，以及产生那么多遗孤的理由时，在那段历史深渊里，我也仿佛看见自己的身影。

---

* 对此事件，我个人不予置评。汪楠在2021年11月也被逮捕过一次，理由是他在千叶一家酒吧向老板娘勒索保护费。一个月后他因"无证据"被释放。事后我有一次机会跟汪楠见面，当时他解释，2021年9月怒罗权的老大去世，有可能接任的，包括汪楠在内一共有三人。不久这三人皆无辜遭逮捕，11月的案件是其中之一。这算是警方的威吓，也说明警方对汪楠的警惕并没有降低。

在装修现场的汪楠，摄于东京都中野区。

摆满书的事务所。

爵士咖啡厅"海"的创办人小宫一晃和美国士兵在旅途中的合影。

CHAPTER 08

人与人的直接交流
有时能超越政治

——

专访曾经的美军基地

从左到右，一个女孩子到朝霞之后的变化。"其实当时的盼盼女穿的都是当代最时髦的，她们就是时装方面的领先者。"田中利夫说。

小时候每逢七月我家会有一个小型活动，去座间基地*（Camp Zama）看烟火。它是离我家最近的驻日美军基地，父亲说这个地方平时不能进来，但在一年一次的美国独立纪念日，他们会把基地开放给周围居民。下午从家里出发，开车到座间基地已近黄昏，不管是日本人还是美国人都带着亲朋好友，好不热闹，草地上铺开野餐垫吃吃喝喝、聊聊天。母亲给妹妹喂奶，父亲带我去逛摊位场地，在一个小摊子前教我怎么跟对方说话，三个汉堡三杯可乐，请问多少钱。摆摊的是个活泼开朗的白人女孩，年龄比我稍微大一些，她成了我人生第一次用英文交流的外国人。那天放了好多烟火，每次以为放完了，过几秒钟又开始放，而且越到后面动静越大，巨大的烟火和爆炸声之下妹妹睡得特别香，这让我感到好神奇。

就这样，自己身边有别的国家的"基地"，这个事实就被我毫无疑问地接受了，而且给我留下了好印象。到很后面我才明白

---

* 位于日本神奈川县、东京都西南方 40 公里处的美国陆军基地，面积约有 2.3 平方公里，横跨座间市、相模原市两个行政区。

现在的自卫队朝霞驻屯地。

这些美军基地的来由，但小时候的回忆就这么顽固地留存下来，学校里习得的历史知识也抵不过它，那是一种亲身体验过的开心，混杂着对异域的憧憬。

据日本防卫省统计*，驻日美军基地共有76处，总面积有262平方公里，驻扎日本的美国军人有 55 000 名**。逾七成驻日美军基地面积集中在冲绳县，对此当地居民怨声载道，安全问题、环境破坏，还有驻冲绳美军涉及的犯罪案件包括凶杀、抢劫、强奸等，这方面国内外媒体报道也不少。其次是本州岛北端青森县（9%）和东京都市圈的神奈川县（5.6%），东京都内也有7处美军

---

* 出自日本防卫省年度报告《在日美军设施·区域（专用设施）面积》，2023年1月1日统计。https://www.mod.go.jp/j/approach/zaibeigun/us_sisetsu/pdf/menseki_2023.pdf

** 出自月刊杂志《MAMOR》2022年10月21日报道，2021年3月统计。https://mamor-web.jp/_ct/17499916。该杂志2007年1月21日由扶桑社创刊，是日本防卫省参与编辑的自卫队宣传用杂志。

基地（5%）。其中，赤坂新闻中心位于黄金地段的港区，设有美国军方报纸《星条旗报》*日本版的事务所。这里每天会有直升机在横田空军基地（东京都多摩地区）之间往返数趟，居民习惯把它称为"麻布美军直升机基地"。

而更早期，从1945年到《旧金山和约》生效的1952年之间，日本处于驻日盟军总司令部（GHQ）的占领之下，其基地遍布日本各地，总司令道格拉斯·麦克阿瑟率领的四十万美军士兵**驻留在日本国内，与当地老百姓直接或间接地交流。其间难免产生矛盾和冲突，但从另一方面来看，它的存在也为渴望精神文化生活的民众提供了新的人生方向、价值观和思维方式。

日本战后的无赖派文学家坂口安吾***写过这样一段话：

"说来也奇怪，但他（麦克阿瑟）为日本谋划的，远比日本政治家为日本谋划的更加公正无私，且更能为日本人带来利益，这点还是值得考虑的。若没有元帅的纠正，日本的政党就会依赖于黑幕或黑社会，只能在政治黑暗和通货膨胀中谋生。被占领这件

---

* 《星条旗报》（*Stars and Stripes*）由美国国防部所办，创建于1861年南北内战时期，其总部位于华盛顿特区。

** "四十万"为初期的数字。出自《实录日本占领：GHQ日本改造的七年》（学研PLUS，2005）第69页"终战后不久有四十多万人的进驻军，到次年（昭和二十一年）减少到约二十万人，（昭和）二十二年就变成十二万"。另，《鹫の翼の下で：占领下日本 1945—1947》（*Beneath the eagle's wings: Americans in occupied Japan*）（John Curtis Perry 著，筑摩书房，1982）第69页中提到："（1945年）9月中旬麦克阿瑟元帅发表，在日本驻留的美军士兵将在六个月内减少到二十万人。"

*** 坂口安吾（Sakaguchi Ango，1906—1955），日本著名作家、评论家。生于新潟县名家，1926年进入东洋大学印度哲学系研究佛教，由于1946年发表文艺评论《堕落论》与小说《白痴》，一跃成为与太宰治、石川淳等齐名的日本战后文学中无赖派的旗手。

事反而带来了一种幸福，日本还真有了一段这么奇特的经验。"*

这里提到的"谋划"指麦克阿瑟在日本开展的改造措施，如促进农地改革法、拟定民主宪法草案、实现妇女选举权等，还包括工人的基本权利保障、让工人以"劳动组合"**的形式与资本家抗衡，以及推动旧社会机构解体的"公职追放"，确实是本土政治家很难下手的社会实验。有了这些背景，人们更愿意积极吸收对方的文化，甚至对麦克阿瑟本人和其背后的美国有了一种憧憬。***

我这次来到位于埼玉县南部的朝霞市，这里曾经有一处美军基地德雷克营（Camp Drake），美国士兵曾在此驻扎三十年。我在这里采访当地市民，他们口述中的大部分人早已不在世，那是一段靠个体力量尽可能活出自我的庶民历史，他们从战后的乱世中获取力量并突破意识形态限定的框架。

---

* 出自《读卖新闻》昭和二十六年（1951）4月16日的文章《诚恳的实验者·麦元帅》（誠実な実験者・マ元帥）。该篇文章发表当天的头条新闻为"送别麦克阿瑟元帅"，描写该元帅是"百世一人"。不知是信息管控的结果还是该突如其来的消息诱导出大众或记者的伤感，整个版面充满爱惜这位元帅的情绪。

** 劳动组合（rōdōkumiai），相当于工会。后来麦克阿瑟的态度有所改变，1948年下令日本吉田政府限制公务员参与罢工，次年"整肃"日本共产党相关人员。

*** 其背后原因实际上更复杂，如美方的信息控制。据广岛县也参与运营的网站"国际和平抛点广岛"，日本国内报道过原子弹被投掷到广岛和长崎一事，但1945年9月鸠山一郎在《朝日新闻》上发文称此报道行为违反国际法。此后GHQ控制相关报道并颁布《日本新闻报道规则》（Press Code for Japan）。尽管该规则要求的报道审查在1949年撤销，但在朝鲜战争和美方赤色整肃的政策影响下，GHQ对媒体的控管并未解除。直到1951年京都大学同学会主办"综合原爆展"，才让原子弹的热辐射、冲击波以及辐射造成的伤害为人所知。

朝霞"前史"

埼玉县与首都相邻，朝霞站也从池袋站乘坐东武东上线电车即可到达，路程不到半小时。现在的朝霞市属于城郊住宅区，人口约十四万，站前风景和首都圈周边的其他"睡城"比较相似，小规模的公交枢纽站周围配有连锁商铺、餐厅、弹子球游戏店和便利店。近年首都房价快速上涨，该市人口数量也随之连续增加，知道当地历史的人反而越来越少，年轻一代知道这里有日本陆上自卫队的"朝霞驻屯地"，但对其背景并不知晓。

我就在车站对面的一家连锁餐厅与有永克司见面，他是一位身材清瘦的中年人，给人感觉勤恳认真，平时在物流公司上班，兼任朝霞市基地旧址历史研究会会长。该研究会属于市民组织，大约在 2010 年为鼓励市民了解当地历史，在朝霞市都市规划部绿化公园课的带领之下成立。成员每年举办总会，不定期开办关于德雷克营的调查报告会，根据调查结果还会跟相关部门探讨基地遗物的保存方案。当我致电该市政府并咨询几项关于基地的问题时，接听的年轻公务员便向我推荐该研究会和有永克司，说是"在某种程度上，研究会的各位理解得更深"。

有永克司从书包中取出一本《我们所理解的 Camp Drake》，由研究会编写并制作的黑白印刷手工小册子，共二十六页。内容覆盖与基地相关的全面信息，地图、历史年表、相关人物以及社会问题，还有基地全面返还的过程、基地遗址的管理方案等，比

朝霞站前风景。

网上任何信息要详细许多。我们各自从畅饮区接来一杯热咖啡后,他便开始谈这周围的前世今生。

"2021年东京奥运会中的赛场'朝霞射击中心'就设在这里的自卫队驻屯地,挺有历史意义的吧,1964年东京奥运会的射击项目也在这里举行。这个驻屯地以前是美军的德雷克营,上世纪七十年代开始陆续返还给日本,一直到1986年才完毕。"

朝霞这一带曾经是一个叫作"膝折"(Hizaori)的小村庄,在1932年位于东京府*世田谷区的高尔夫球俱乐部因熬不过首都地价上涨而搬迁到膝折村,以此为契机,膝折村改制为朝霞町。之所以没有采用原来的名字,是因为大家觉得膝折这两个字并不悦耳,于是借高尔夫球俱乐部名誉会长朝香宫殿下(昭和天

---

* 东京府相当于东京都的前身,设立于1868年,存续至1943年。

皇的叔父）之名取名为朝霞*。

　　该高尔夫球场经由英国高尔夫球场设计师查尔斯·艾利森之手新建，设有经典ARTDECO（装饰艺术）风格的会所，实属当时上流社会的交际场所。东武铁道的创始人根津嘉一郎**不放过这一次的机会，买下了邻接高尔夫球场的16万平方米土地，造出一座用作观光的大型庭院。1935年他又在这里打造出6.7吨重、4米高的大梵钟，与此同时还筹备建造16米高的铜铸大坐佛，大佛身高12.8米，再加2.9米高的莲台，比镰仓大佛还要大，当时已经有不少民众前来围观建造中的朝霞大佛。但日本已经陷入全面战争的泥潭，1937年中日战争爆发，1938年4月日本政府为加强战时体制建设颁布《国家总动员法》，该项法令下达后，国内人力及物力资源被统一调配和管理。接下来在全国传开的"送钟献铁"运动中，根津嘉一郎的大梵钟也毫不留情地被征用，大佛建筑项目也因为根本买不到铜材料而不得不中途放弃。

　　根津嘉一郎一向热衷于收藏古代艺术品，在朝霞除了庭院之外还计划建造一家美术馆，但该土地在他1940年去世后也被强征并变成一座陆军被服厂，大庭院也被迁自东京的陆军预科士官学校取代。加上周围的航空化工厂、伸铜工厂、航空工业厂或精密仪器制造厂等军事工业设施，当时的朝霞町已经称得上小型"军都"。

*　朝香（Asaka）和朝霞谐音。据说当时掌管皇家事务的宫内省（现为宫内厅）不允许直接挪用皇家的名字，只允许使用谐音字。（出自《东洋经济》2019年2月6日）
**　根津嘉一郎（Nezu Kaichirō，1860—1940），生于山梨县，曾任私营铁道东武铁道社长，是旧制武藏高等学校（现在的武藏大学）创立者。1896年来东京之后开始收集日本、中国以及印度的古代美术品。

"当时居民觉得不妙，有了这么多的军事设施，那肯定会被美军炸得很惨，所以很多居民纷纷疏散到乡下去。但实际上朝霞没被空袭毁灭，因为美军更聪明，他们已经分析出日本必败，那么还不如把这地方完整留了下来，等战争结束便可拎包入驻。"有永克司说道。

1945年9月美军第一骑兵师团等六千余名士兵入驻朝霞。基地名称Camp Drake来自在菲律宾战役中牺牲的一名上校，整个基地由南北两个部分构成：南营接收了旧陆军预科士官学校，北营是原来的被服厂。朝鲜战争1950年爆发，德雷克营起了联合国军的中继站、兵站以及补给站的作用，一共有一万五千余名美军士兵从这里被送到朝鲜。

德雷克营一共有4.5平方公里，比现在的横田基地（7平方公里）小一些，但也有座间基地的两倍面积。和其他驻日美军基地一样，德雷克营设有士兵宿舍、家庭住宅、演习场、医院、银行、邮局、教堂等非常完备的生活设施，此外还拥有电影院、图书馆、保龄球场、棒球场、高尔夫球场、赛马场、酒吧等文娱设施。基地周围也自然形成了红灯区，上世纪五十年代这周围一共有七十多家酒吧和旅馆，还有近两千名为美国大兵服务的"盼盼女"，日语写作パンパン（发音为panpan）或パンパンガール（panpan-girl），至于称呼的来源，有说法称来自士兵把这些女性叫过来时拍手的声音。

越南战争结束之后，驻日美军进行了大规模的整合，德雷克营的部分土地在上世纪七十年代开始陆续返还给日本，南营遗址由日本自卫队接管，北营遗址被返还后成了学校、图书馆和市民公园。

七十年代的朝霞市人口在一万两千上下，现在增加了十倍，这意味着大部分居民在美军撤退之后搬入，现在鲜有朝霞市民知晓上述历史。有永克司在"朝霞市基地旧址历史研究会"刚成立不久便加入了，他平时关注与基地相关的历史与遗址事宜，每年夏季与其他成员举办"面向和平的战争展"。我问他来场参观的市民多不多，有永克司苦笑回道以高龄者为主，"所以难得有一两个学生走进来，我们成员争先跑过去给他们讲解一遍"。

朝霞市的美军基地遗址，现为"朝霞之森"（公园）。该基地遗址预计作为公务员宿舍"朝霞住宅"用地，但由于遭遇居民批判，日本政府 2011 年末决定停止施工，次年面向公众开放。

朝霞市政府附近,有一个美军基地的消防栓留在马路边上。有永克司觉得这里应该做一个解说牌,之前跟市政府也提到过,但始终没有结果。

有永克司参加该研究会已有十多年,究竟有什么那么吸引人,他说那是因为回忆。因为战争和美军基地让朝霞的历史变得比较"复杂",但同时因此能挖掘出很多回忆和故事。他推荐我去看看当地一位老人:"见到他你就会知道,我说的复杂到底是什么意思。"

手绘画中的"盼盼女"

有一些事和人,有人不愿意回忆,有人耿耿于怀。八十岁的田中利夫出生于朝霞町*,现在也独居于朝霞站附近,是土生土长的"朝霞人"。他在市内长年经营缝纫培训班,退休之前开始画画,都是靠自己的记忆画出来的,描绘上世纪五十年代的朝霞

---

* 朝霞町在 1967 年改制为朝霞市。

风景和他见到的人,当时他刚好在小学一年级到六年级。穿搭华丽又吸睛的女性、外国士兵、表情活泼可爱的小孩,还有邻居阿姨,颇有亲和力的手绘图,表层画风朴素率真,其深层是关于战后日本的庶民情结。田中利夫说自己都没仔细数过,但应该有八百多张吧。

"我父亲尝试过很多生意,仙贝商铺、房屋中介、金融业或公共浴场,我母亲从 1948 年开始在朝霞站前经营'贷席屋',可以说是钟点房,在这里可以休息、买点东西吃,也可以寄存行李,大家没什么钱,客人能拿出什么母亲就收什么,蔬菜、水果或粮食都行,物资匮乏的年代是有过这种活法的。后来盼盼女也开始租用这些小房间,母亲睁一只眼闭一只眼,有些家长因为这件事不让自家的孩子跟我说话。但很多同学还是喜欢来我家玩呢,因为有东西可以吃。盼盼女她们也没什么钱,就把从美军基地拿来的香烟、饼干、巧克力或肥皂当房费,这些物资当时还挺珍贵的。"

在这次采访中,田中利夫有时候会用"盼盼女"一词,但多半用"honey 桑"代替,那是我在其他场合没听说过的词语。问其由来,他说"盼盼女"有点偏贬义,"honey 桑"是自己绞尽脑汁想出来的另一个叫法,当时美军士兵一般都叫她们"honey"(亲爱的),故此取名。

在众人眼里盼盼女过着"不劳而获"的日子,所以经常被鄙视也会被排斥,但在少年田中的眼里,她们只不过是在身边

美军士兵靠打火机的光线找女人或喊 Hi! Honey，盼盼女就回道 Good evening。

画中墙壁上写的 OFF LIMITS（禁止入内）表示这所娱乐设施的卫生条件不达标，不适合驻日盟军相关人士使用。当地日本人方可进入。

Emmy 女士为少年田中买的美国进口的自行车让同学羡慕不已。

从田中家的贷席屋出发，Emmy 女士和美国男友带少年田中去基地的"将校俱乐部"。

盼盼女若单独做生意，必受制裁。图为白百合会成员行私刑的情景。

"将校俱乐部"的装修非常高级，铺满软绵绵的红色地毯。田中利夫补充道："我去了洗手间，出来时有一个日本服务员露出嘲讽的冷笑，问我是不是那个盼盼女的弟弟。"

一起过日子的邻居阿姨。其中 Emmy 女士（盼盼女一般都有英文名字）特别疼爱少年田中，在黑市都找不到自行车的年代，她透过美国西尔斯邮购目录订一辆全新的自行车送给他，还会带他去美军基地玩。像少年田中这种情况在当时的朝霞不算例外，在小学同学中穿得稍微像样的，家里必有一位和美军士兵关系要好的姐姐。

小孩总喜欢模仿成年人，看到大人做什么也跟着做什么。当时在朝霞一带流行过一种游戏，就叫"盼盼"，男孩子"嗨！"的一声叫住女孩子，然后直接亲密起来。"小学生还可以当游戏，但中学生来玩已经不是什么游戏，就自然发生性行为。"

田中利夫从小喜欢画画，成绩也不赖，初中毕业后父亲把梦寄托在儿子身上并把他送到东京一所私立学校，希望儿子当医生。但父亲的生意每况愈下，他在班主任的鼓励之下勉强念完高中，但毕业后有些迷惘，学医是肯定交不起学费的。刚好当时的女友有个姐姐当服装设计师，他觉得这份工作可以画画又能拿工资，所以决定报文化服装学院[*]。

他二十一岁时透过服装学院的关系成功入职日本著名服装公司 ONWARD。开始上班不久的他发现这行简直是"女人的天下"，刚出社会没多久的他还遭受过女性前辈的欺负。这些前辈都是赤手空拳打天下的过来人，她们看不惯在学校念完几年书就

---

[*] 文化服装学院，专注于服装设计的私立院校，其前身为1919年在东京青山裁缝店里设立的缝纫培训班，1923年获得认定并成为日本政府承认的第一所专注于服装教育的高等院校。目前位于东京都涩谷区。

来上班的年轻小伙子。田中利夫回忆道自己设计的图案被她们偷过好多次。两年后的一个夏天他丧到极点决心辞职，去镰仓西边的小岛江之岛散心，不料遇到服装学院的同学，靠同学牵线搭桥成功入职日本服装巨头"三阳商会"。工资比以前涨了不少，据说若设计图案被采纳就能领奖金。

以为终于可以松口气，田中利夫开始拼命画图，没想到很快有一位服装纸样师来找他，说他的设计不现实，没法做图纸。服装纸样师一般会按照服装设计师的画图、款式和尺寸要求，把整个服装的裁片画在纸上并做出图纸。发觉自己的作品只不过是纸上画的饼、墙上画的马，田中利夫决定放弃这行的发展，回乡创业。"也想过把服装设计重新学一遍，但那时候我年龄也不小了，快要三十岁，也受够了挤得要命的通勤电车，感觉回朝霞好一些，开个缝纫培训班，相当于居家办公，没有通勤的痛苦。"

缝纫培训班的学生以市内居民为主，女性居多，比如买不到百货公司里的时装于是打算亲手制作的年轻女子、要给准备上幼儿园的孩子制作手提包和大衣的家长，还有衣服永远不够穿的酒吧妈妈桑和陪酒女。生意还算兴旺，田中利夫就靠缝纫技法维持生活四十多年，疫情来袭的前两年才关了缝纫培训班。

退休后的生活也颇有规律，上午走到运动中心泡澡，他在那里已经交了不少朋友，包括全身刺青的大哥，和谁都能聊得来，这种交际能力是小时候的成长环境培养出来的。其余时间他每天都在画画,"画图时不由自主想起另一段回忆,感觉永远画不完。"他笑道。

"很多人邀请我去演讲、参加活动,图书馆、养老院或书店都有。学校也有,是一个老师邀请我的,我的朋友们都怀疑现在的高中生对这种手绘图会感兴趣,我也这么担心来着,但结果他们都很认真,听得还挺入迷。朝霞这个地方以前有过美军基地,老师在历史课上也会提到,但身边有美军士兵、与他们生活到底是怎么回事,这是他们想象不到的,老师也不知道,要有人讲给他们听。"

教科书上没有记载的庶民历史,在他的画笔之下显得温馨可爱,也变得有些残酷。田中利夫强调,画这些是为了记录,也是为了突破刻板印象,盼盼女、士兵和邻居都那么努力活着的那个时代,生活没那么压抑,反而是充满着色彩、活力和希望的。

"有些人嘛,说盼盼女很可怜,但在我眼里她们活得相当倔强,有种不屈不挠的精神,这点是让我蛮佩服她们的,而且人本来不就是应该这样嘛。但很多人不会这么想,以为那是为了生存不得不卖身的弱小女性,这个因素当然也存在,但若实际上看到这些人你肯定会有另一种感受。"

他用的倔强一词出过问题。前一段时间田中利夫准备出书,编辑擅自把他文中回忆盼盼女时用的"倔强"(したたか,shitataka)改成了"柔软"(しなやか,shinayaka)。读音有些像,但意思几乎相反,让田中利夫哭笑不得。他感叹道,都这么长时间了，刻板印象还如此牢固。"现在的人还那么在乎别人的反应，怕用错字。"

"当然啦，也有人说盼盼女很贱，说她们利用美军基地牟取私利。但我想说呀，当时哪有人不靠美军基地过日子。不是只有盼盼女才那样，其他居民也相当倔强，那时候政府采取统一配给制度，物资极度匮乏，城里的人拿全部家当去农家换取粮食，不管怎样物资是绝对不够的。美军士兵把手中的物资卖给日本人就可以发家致富，日本人又把美军的巧克力、口香糖、香烟或罐头拿去黑市，别人都愿意付出一切买下这些东西。"

我跟田中利夫见面也是车站前的连锁餐厅，菜单上有各种菜肴和甜点，店里设有畅饮区，价格实惠。周围的餐桌带娃的小家庭居多，应该是附近的居民。田中利夫往周围瞄了一眼，忽然悄声跟我说：

"这旁边的商店街，很多小铺也是这样活下来的。知情的人闭口不谈，新来的人根本不知情，朝霞这个地方还是一个乡下小镇，到现在还蛮封闭的。大家愿意讲的历史容易被人记住，但也有历史没有人说出去，很多当事人要么觉得不值得，都过去了，要么不敢。连我都接到过几次抗议电话呢，说我画这些不太好。不过这都是小事。有不少人鼓励我画画，还送我纸张和各种颜料，反正我时间有的是，而且本来喜欢画画的嘛，会继续画下去的。"

人与人的直接交流有时能超越政治　　　　　　　　　　　209

田中利夫，绰号为"金酱"。"我在高中时第一次看见有人练习举重，对方问我要不要试一试，岂料五十公斤的杠铃我轻轻松松地举起来了。之后大家都叫我金太郎*，简称'金酱'。"

右二为田中利夫。"当时在东京很多大学设有舞厅，我们下课之后去各个学校演奏，挺赚钱的。"他回忆道。

---

* 金太郎（Kintarō）是日本传说中的人物，原本是被丢弃在山中的婴儿，玩伴便是山中的野兽，与大熊相扑为戏，使他拥有超人的体力及奔放的性情。

爵士咖啡厅"海"

驻日美国士兵，也不都把时间和金钱花在女人身上，其中部分人带着自己家乡的音乐来到东洋岛国，求得心理安慰。二战前后美国最具创新风格的是爵士乐，二战前就在日本文化界得到普遍接受，尤其是在东京、横滨和神户等与海外文化接触较多的城市，到上世纪二三十年代已经有了不少可以跳爵士舞的场所。据爵士咖啡馆"千草"*创办人吉田卫的回忆，从1929年起在东京陆续开办爵士咖啡馆，如 Black Bird（本乡）、DUET（新桥）、America 茶房（下谷）、Brunswick（京桥）、Brown Derby（浅草）、Yutaka（银座）或 Duke（涩谷）等，到上世纪三十年代后半增加到七十家。之所以在战后的日本爵士乐那么流行，是因为已经有了接受爵士乐的土壤，这次则由于驻日盟军，爵士乐的流行不只在东京这些大城市，还跟着遍布各地的美军基地、士兵及其家人以及进口黑胶，他们的音乐和文化也更广泛地浸润人们的心灵。

从朝霞站往自卫队朝霞驻屯地步行二十分钟，在荣町四丁目交叉口有一家爵士咖啡馆"海"（Umi），创办于1952年，刚迎来七十周年，堪称日本爵士咖啡馆中的老铺。邻接德雷克营，步行五分钟即可到达，这家咖啡馆接待过无数美军士兵，虽然当时的店主和顾客都不在人世，周围的风景也有所改变，但在店里点一

---

* 爵士咖啡馆"千草"（CHIGUSA）是横滨第一家爵士咖啡馆，1933年开业，由于创始人去世曾关闭过一次，2017年重新复活。

杯哥伦比亚咖啡，啜吸着口感丝滑的液体，听着音乐时，那个时代仿佛近在咫尺。

打开"海"的大门那瞬间便传来爵士乐的低音，我在窗边找一个位子坐下，店主小宫一祝（Komiya Kazunori）正好跟顾客聊音箱。店里可以容纳三十多人，平时放 CD，偶尔按顾客要求播放黑胶唱片，每周末举办音乐会，邀请各地著名音乐家现场演绎爵士乐。据店主介绍，该店的黑胶唱片收藏数量有四千多，音箱是高端监听品牌 JBL4435，真空胆管用德国 EL156 和美国 GE211[*]，在吧台前还有一架斯坦利钢琴。有的爵士咖啡馆，尤其是年代感很强的老铺，店主有种威严感，话少，而这家"海"的店主会主动跟客人搭话，他的轻松活泼和亲和力也为这家店增添了不少魅力。小宫一祝是"海"第二代店主，"海"的自由和开放就是从这家咖啡馆创办之时传承下来的风格。

"这是我父亲创建的咖啡馆，当时的朝霞已经有点名气，就是大家靠女人做生意的地方。我父亲准备在这里开家咖啡馆的时候有个男的来威胁他，说这一带是自己的地盘。"小宫一祝笑道。

他的父亲小宫一晃（Komiya Kazuaki）1927 年生于东京都中心区域日本桥。作为一家和果子老铺的少爷，他从小被灌输"今朝有酒今朝醉"的江户人的潇洒气概，二战时期正值他血气方刚、精力充沛的青年时代，最大的梦想是当"神风特攻队"队

---

[*] "胆管"是用来放大信号的部件，EL156 由德国 Telefunken 公司开发投产，GE211 是美国通用电气公司生产的音频胆管。

爵士咖啡厅"海"。

员。但由于遭遇家人的反对,他上了一所位于广岛县的海军兵学校,后来也因此目睹了被原子弹炸过的广岛市。日本宣布战败后他回东京,老家早已被烧毁并变成一片空地,他生出无论如何要找机会刺死道格拉斯·麦克阿瑟的冲动。

幸好他的母亲和姑姑疏散到千叶县,一家三口人在东京重新开始生活。后来小宫一晃升入私立名校庆应义塾大学,在此之前有一段时间在筑地市场干活。晚上在市场员工宿舍里,他习惯听收音机,怕影响到同事睡眠,就蒙着被子听。有一天他就这样听到被誉为"摇摆乐之王"的古德曼的 *Don't Be That Way*,那是 1938 年在纽约的卡内基音乐厅录的。他一听就泪崩,不知道的同事都以为他疯了。

在母亲和姑姑的帮助下,小宫一晃升入庆应义塾大学,学习一般但玩得很开心。就如田中利夫在高中时期经常去学校舞厅演出,在战后不久的东京,各种娱乐场所如雨后春笋般出现。其中专为驻日盟军服务的被称为 RAA(全名为 Recreation and Amusement Association,特殊慰安设施协会),在银座六丁目曾经有一家百货公司"松阪屋银座店",其地下的舞厅 OASIS of GINZA 能容下四百人,说是舞厅,但实际上是 RAA。[*]

也有不少面向日本人开放的舞厅,当时最流行的是摇摆爵士,节奏欢快又即兴,只需掌握常用组合动作,没有任何舞蹈基础的人也都可以跳。"这种随性自由的音乐马上吸引住了我的父亲,还认识到不少乐队。江户人嘛,就喜欢这种风格。"小宫一祝说道。

透过娱乐产业扩大某种价值观和影响力,是全球各地很常见的策略。其好与坏先不谈,但这也是文化本身带有的力量,能够超越理性并直接进入人心。加上小宫一晃在海军兵学校学过英文,与美军士兵沟通也没那么吃力,接触或吸收对方文化的门槛并不高。大学毕业后,他二十五岁时透过熟人介绍来到朝霞,决定在这里开家咖啡馆,店名"海"取自海军。

"我问过父亲,为什么不在车站那里开店,他说当时这里('海'所在的荣町四丁目)最热闹,美军基地只有几步之遥,周

---

[*] 出自赤岩州吾编著《银座历史散步地图》(草思社,2015)第 92 页。松阪屋银座店 2013 年关闭,2017 年被改建成购物中心 GINZA SIX。

围不缺酒吧，但咖啡馆就只有我们这一家。刚开始客人也都是美军士兵，他们喜欢听爵士乐，父亲跟他们聊天能够吸收更多的知识，若店里没有他们想听的音乐，父亲就去买胶片，那时候上班族的月薪平均一万五千日元，而胶片一张要三千日元。（笑）我们咖啡馆附近曾经有两家舞厅，一家叫 Flamingo（火烈鸟），还有一家叫 San Francisco（旧金山），在那里演奏过的音乐家后来都出了名，比如渡边贞夫*或秋吉敏子**，他们演出之后经常来这里喝咖啡呢。"

据小宫一祝介绍，他的父亲和美军士兵关系很不错，他尊重美国士兵，对方也把他当作爵士音乐的专家，以礼相待。顾客结账离店时，他的父亲习惯性地说 Thank you，有一位顾客跟他说"别谢我"，因为他们都是喜欢这里才来的。有时候他的父亲带美军士兵去静冈县的热海一起游泳泡温泉，美军士兵的休假一次能申请两周，他们跑来问小宫一晃，你这家咖啡馆两个礼拜大概能赚多少。得到一个数字，士兵二话不说地把同额的纸币塞给对方。"就是为了一起痛快地玩两周。我父亲就喜欢这种坦率真诚的美国式友谊，可能和江户人的气概有些相同的地方吧。"

听到这里，我脑中浮出一个疑问：哪怕做事风格相似甚至有默契，一个在二战期间想参加特攻队、还想要过怎么刺死驻日盟军最高司令的热血青年，为何在战后短短一段时间里能够完成如

---

* 渡边贞夫（Watanabe Sadao）是萨克斯管演奏家，1933 年生于栃木县，高中毕业后的 1951 年来东京踏入音乐界。
** 秋吉敏子（Akiyoshi Toshiko）是爵士钢琴家，1929 年生于中国辽阳市，现居纽约。

此明显的"思想转向"?被问及这点,小宫一祝干脆地说:"应该和吃的有关吧。这当然是我猜的呀,但也八九不离十了吧。他还是吃过苦的。"

"我的爷爷二战期间在满洲,然后被苏联送往西伯利亚劳改。开往西伯利亚的铁路速度放慢时,其实是可以跳下去的,也有不少人就这样成功逃走,但爷爷不肯。他说还有个朋友生病了,当俘虏也罢,不至于被弄死吧。我们怎么知道他说了这句话呢,是后来他的战友回国转告我们的,算是遗言。虽然人没能回来,但不愧是老铺老板,他离开日本参战前买了人寿保险,保险金有两千日元。那时段五百日元就可以盖房子,但战后的通货膨胀太猛,等我父亲去领保险金时,坐一趟出租车,然后吃一顿饭就把它用完了。没有其他的依靠,物资匮乏的那个时代,我父亲经常到河边拔草做成团子吃。你想想,过了那种日子的人,突然接触到美国极为丰富的物资和文化的力量时,这个冲击和影响到底有多大。"

小宫一祝记得父亲最喜欢吃炸鸡和薯条,退休之后去美国找当年的朋友,一去就三个月,不愿意回来。小宫一祝也陪父亲去体验体验,但美国的食物对他来说太油太多,没过两天就开始想念日本料理。但他的父亲完全没问题,天天派儿子去买炸鸡和可乐,吃得不亦乐乎。"父亲前两年去世了,吃那么多肯德基喝下大量的可乐,还能活到八十五岁,厉不厉害?不过我明白你的意思,这就是战争和人,人就这么过日子,人和人的直接交流有时候能超越政治。这就是和国家之间的事情不一样的地方。"

除炸鸡和薯条之外，小宫一祝说父亲最爱听古德曼的 *Don't Be That Way*，在筑地市场打工的日子里听过无数次，开咖啡馆之际托美国士兵入手的第一张黑胶唱片，也就是这张。小宫一祝继续说道，可能战后的日子对他的父亲来说是"余生"，二战中的热血青年和他的精神，想要刺死麦克阿瑟的情绪在达到一个顶点之后就逝去了。所以父亲死去的时候小宫一祝没掉眼泪，因为他知道父亲已经享受够了漫长的晚年。

等小宫一祝长大，德雷克营的美国士兵已经撤离完毕，但他还有一些与该基地有关的回忆。给他印象最深刻的也是独立纪念日的开放日，当时他小学二年级，"在那里我第一次吃到热狗这个东西，还有上面热乎乎的奶酪，实在让人感动不已。"他刚上初中时越南战争爆发了，在战场受伤的士兵先被送回立川基地（位于东京都立川市，1977年完毕全面返还），再用直升机转运到德雷克营的美军医院，有一段时间运送士兵的直升机来往过多，旋翼的破空声影响到学生的上课时间，引起市民的抗议。"在当时的朝霞你想赚钱，就去美军基地帮忙清洗尸体。那都是牺牲的士兵，洗完之后给他们化个妆、穿上衣服。越南战争结束那年我年纪蛮小的，但听了这则消息还是松了口气。"

越南战争结束后，驻日美军基地逐渐缩小，基地大部分的功能和人员都被整合到横田基地。德雷克营被返还之后，"海"的顾客群体也产生了不少变化。驻日基地的规模快速缩小的上世纪

小宫一晃和美国士兵一起旅行。

七十年代，处于经济成长期的日本掀起了"英语热"，小宫一祝的父亲在店里开了英语课，邀请美军基地广播台 FEN（Far East Network，美军远东通信网）[*]的主播来当老师。学生以当地居民为主，也有不少刚搬到朝霞的自卫队队员，足够让父子俩弥补美军走后的收入缺口。

"说起来也蛮有意思的，美军走了之后，这附近还出现好多脱衣舞厅，那里的舞娘变成我们的主要顾客，她们天天订咖啡，我们一天能赚两万日元。这些舞娘一个地方待十天，一场表演两个小时，然后休息两个小时，她们在表演的间隙来我们店里打发时间。你有没有听说过爱染恭子[**]？她也是我们当时的顾客。后来这些日本舞娘少了很多，换来哥伦比亚的辣妹，她

---

[*] 该通信网的现名为 AFN（American Forces Network/ 美军通信网），至今还在东京都（横田基地）、青森县（三泽基地）、山口县（岩国基地）、长崎县（佐世保基地）以及冲绳县（瑞庆览基地）各有广播站，日本一般民众也可以透过收音机收听，节目内容以美国新闻和流行歌曲为主。

[**] 爱染恭子（Aizome Kyōko，1958— ），日本著名成人电影演员。高中毕业后开始当裸体模特，1981 年主演电影作品《白日梦》并获得好评。后来主办脱衣舞团，在全国各地巡演。

们喜欢我们的热巧克力和鸡肉炒饭。这些南方姑娘一般都是非法居留，来的时候只有三个月的观光签证，早就过期了，有时候警察来突袭抓捕，她们就跑到这里躲起来。她们一般性格特别开朗，说是要躲起来，但也不是什么藏在地下，就是来坐坐、喝啤酒唱歌，等到有人来通知说警察走了，就纷纷回去继续跳脱衣舞。后来记得有一个大白天，我看到三辆奔驰开进我们的停车场，下来几个身材高大健硕的大哥，都是哥伦比亚人。他们没有别的意思，就跟我说以后有什么困难打个电话给他们就行。（笑）也都是二十多年前的事了哈。"

除了来自海外的舞娘之外，在脱衣舞场还有一些其他工作人员，比如灯光设计、舞台设计或清洁。小宫一祝认为，在脱衣舞场工作的这些人当中有不少属于"边缘"的人群。

"当时有一位客人经常来这里喝咖啡，说是在脱衣舞场工作的。那时候我们一家人刚去了北海道一趟，玩得很开心，他得知这个消息后眉开眼笑说'老板，北海道我很熟悉，待过两年呢！'仔细一听，他不是为了旅行，而是作为囚犯在网走监狱[*]关了两年。还有另外一个也是在脱衣舞场工作，他两条腿都没了，平时装假肢，手臂也只有一只。有一个哥伦比亚舞娘跟我抱怨，她一天工作后太累，就在后台睡着了，到晚上这个男的滚过来要和她干一次。（笑）现在想起这些人，我觉得那个时代比现

---

[*] 网走监狱位于北海道网走市，曾经被誉为日本最难越狱的监狱，用于关押危险性极高、犯下重大罪行的犯罪分子。网走监狱是令所有犯人战栗的地方，"我曾经在网走监狱待过"又是足以让对方战栗的话（不过文中的客人是应该出于开心、为了拉近关系才说的）。

"黑胶封面设计都挺好看的,这也是收集爱好者的乐趣。"店主小宫一祝说。

创办时的"海"外观。

"海"的旧菜单。早餐时段点一杯咖啡送吐司片或一根烟。

墙上挂着《星球大战》相关的周边。

店里到处可见店主或客人从美国带来的玩具和摆件。

店里的黑胶唱片。

创办人小宫一晃。

在宽容许多。怎么说呢，若是现在，这些人肯定被某个官方或民间的机构'保护'下来，或者以所谓'家丑不可外扬'为由关在家里，不太能出来，就好像正常人有正常人的世界，和'他们'是要分开的。但那时候就不一样，他们就得靠自己，不过社会也会给他们留下某个角落谋生。黑社会也好，脱衣舞场也好，以前的社会能接受'边缘人'的空间比较多，现在感觉没那么多了。"

上世纪八九十年代，当熟悉的美国士兵陆续离开返乡，换来脱衣舞场的工作人员时，小宫一祝也有看不惯的时候。但他后来渐渐发现，只要主动表达关心，对方也愿意敞开心扉。"这家店从车站走过来还有点距离，若他们（在脱衣舞场的工作人员）开车路过，非载我回家不可。那辆车呀，门上还写着'某某脱衣场欢迎您走进观赏'的大字。（笑）那些哥伦比亚舞娘的孩子在母亲上班的时候就来这里打发时间，现在都长大了，到现在每年还寄来新年贺卡。"

如今爵士咖啡馆"海"的周围环境比过去"干净"许多。周围楼房以住宅为主体，人们觉得吃饭喝酒还是去朝霞站那里方便，"海"的附近也就相对冷清起来。问到近年生意如何，小宫一祝说还可以，"主要因为'物以稀为贵'，爵士咖啡馆本身是正在消失的遗物，大家觉得很珍贵。有的客人从千叶县或茨城县开车过来，也有刚接触爵士音乐的年轻人。也受过电视台的采访，但拍节目实在太麻烦，这几年我都不接受了，像你这种文字媒体花的时间不多，还可以吧。"

"你有没有发现,上次的新冠肺炎疫情中有不少老铺关门大吉,有咖啡馆、和果子店、餐厅、拉面馆或荞麦面店。很多人得知这些老铺关闭的消息,就以为关门原因是疫情、客流少了,其实这倒不是主要的问题。尤其是像我们这样的自家商铺经营,一楼是店铺,自己住二楼,不用付房租的,哪怕在疫情风波中硬着头皮继续开也不是不可能。关键是年龄、有没有毅力,我们这些自营者没有固定的退休年龄,人老了就会天天想到底什么时候退休好。实际上疫情就创造了一个机会,'抱歉因为疫情决定关门',听起来也比较自然。我跟我父亲一样,喜欢跟别人交流,热爱这份工作,但也会想(关门)这件事。我有两个孩子已经开始上班,没有打算(把这家店)留给他们,因为这家店会变成他们怠惰的借口,觉得工作干得不好还可以回家当咖啡馆老板,这样不太好。"

第一次采访小宫一祝是 2021 年,当时他说迎接七十周年之后要想一想,说不定过两年就关了。但至今每周末仍旧有爵士音乐演出,我去的那一次活动都提前订满了。当晚主角是低音提琴乐手石川红奈,意想不到地年轻,据说是九〇后。她自弹自唱,清新的声音充满朝气,后来得知这位音乐家就是在朝霞市长大的,受父亲的影响在高中加入爵士乐队社团,毕业后升入国立音乐大学*专修爵士。"她在高中那时候经常来这里听胶片呢。"看店主说这句时的表情,我猜他还会坚持一段时间。

---

* 国立音乐大学是位于东京都立川市的私立大学,校名中的"国立"为地名。该校的前身是 1926 年创立的东京高等音乐学院,1950 年改为新制大学。与东京音乐大学、桐朋学园音乐大学有着"日本三音大"的美誉。

采访途中来了一位客人。"他也是老顾客,至少有二十年了。"店主说。

美国烟草公司（American Tobacco）的罐装烟草 Half and Half。当时美国士兵在"海"附近打架,他们被美军宪兵拉走之后地上满是小额硬币。小宫家的小妹妹跑出去捡硬币,小宫一祝舍不得扔,还留着。

书店 Full House 书架上还有一些关于 3·11 地震的书籍。

CHAPTER

09

我们就生活在这里，
我们没的选

—

日本福岛访问记

曾经的"谷地鱼店"比现在大三倍,图为当地小学生来参观鱼店时的纪念照。

3月初的一个下午，我乘坐列车到达JR常磐线小高站时，车门一开，一批穿校服的高中生向我迎面扑来，我侧身与他们错开下车。月台上的大部分学生戴着口罩，但也盖不住他们青春光彩的笑容和魄力，这一刻的活跃和我潜意识里对"灾区"的刻板印象产生了明显的对比。等我回过神来，月台上好几十个学生都走进车厢里，载满学生的电车往仙台方向开走，我拿起背包走向车站出口。

小高站位于福岛县东北部的南相马市小高区。南相马市分为三个区，最北方的鹿岛区（总面积90平方公里）、中部的原町区（200平方公里）以及南边的小高区（90平方公里），从小高区往南约18公里就是福岛第一核电站，位于福岛县双叶郡大熊町。2011年3月11日，日本东北部的太平洋地区发生的里氏9.0级强震引发海啸，导致第一核电站严重损毁并泄漏放射性物质。4月22日凌晨0时开始，福岛第一核电站半径20公里范围内被认定为"警戒区域"，小高区就在其中，这意味着通往小高区的路口都由警方严密把守，当地居民也不能进去，必须到外地避难。

一年后的 2012 年 4 月 1 日，官方解除警戒区域的封锁，同时将该区域分为三片："避难指示解除准备区域"辐射量较低，一年累积的辐射量低于 20mSv，居民可以自由出入并正常工作，但不能过夜；"居住制限区域"一年的辐射量为 20mSv 到 50mSv，居民可以出入并开展部分工作；"归还困难区域"的年辐射量超过 50mSv，居民不被允许回家。小高区属于辐射量较低的前两片区域，加上 2015 年夏天开始允许过夜，等到 2016 年 7 月的避难指示撤销日，已经有不少人重返家园，区内几家餐厅也马上开始了营业。

爱看书的鱼店老板

"避难指示撤销日是 2016 年 7 月 12 日，我的店在三天后的 7 月 15 日恢复营业、开始卖鱼了。"当地居民谷地茂一（Yachi Shigeichi）说道。他在小高区经营的"谷地鱼店"是创办于昭和二十八年（1953）的老铺，谷地茂一是第三代店长。我是在小高站附近的书店 Full House 遇到他的，他是这家书店的常客，每周会来一两次，每次都点"海鲜芝士焗饭"。为什么是这道菜呢？谷地茂一以极有亲和力的笑容回道："因为他们用的海鲜是我家供货的，海虾、鱿鱼、章鱼和扇贝，我要知道这些海鲜的味道怎么样，也想看看客人的反应如何。"

谷地茂一已经七十五岁，从小在小高区长大。在当地高中毕业后升入东京一所高专，二十岁那年毕业回家乡，在超市的海鲜部门上了三年班，之后继承了家业。"这是注定的，因为我是长男，没想过别的选择。"他说。地震前的谷地鱼店，除了卖海鲜还会为聚会等场合提供送餐服务，3月11日那天他忙着准备一百多人份的菜肴，用于两天后的葬礼。谷地夫人开车到十公里远的浪江町进货，回来路上感觉到地震。那一刻谷地茂一在家里，没来得及穿鞋子就跑到外面。不久夫妻俩和邻居一起到附近的小高工业高等学校（现名为福岛县立产业技术高等学校）避难，这所学校位于名叫"吉名"的丘陵上，离小高站步行二十分钟。从这里眺望市区，他发现站前一条街弥漫着白色的烟："一开始以为是火灾，后来才知道那是灰尘。站前那一条街上有好多老铺，每家院子里都有土墙仓库，那天我们看到的是这些仓库倒塌扬起的粉尘。现在都没了，换来一批现代风格的小房子。"

到了第二天，邻居说孩子在第一核电站附近上班，那里的人开始撤离了，谷地茂一听了邻居这番话才知道麻烦来了。他的母亲在鹿岛区的养老院，夫妻俩开车一小时去接她，混乱中的养老

书店 Full House 的咖啡厅提供餐饮服务，海鲜芝士焗饭的浓香芝士和米饭充分融合，海鲜非常新鲜，口感极好。午餐时段来店的大部分客人都会点这份热乎乎的焗饭。

院二话不说就把母亲交给了谷地茂一。刚好车上还载满妻子买来的食材,五百只冷冻海虾、八条新鲜鲕鱼和三十公斤真空包装咖喱汁,他们统统送给了养老院和朋友。"鲕鱼是我切好之后分给大家的,一共两百多片,人家可开心了。"谷地茂一说道。

邻居的话果然应验了,第一核电站确实发生了事故,不久小高区被判定为"警戒区域"。谷地茂一带妻子和母亲离开了故乡,到一百公里外的栃木县寄居在亲戚家。两个月后,政府在鹿岛区为灾民开设临时住宅,于是谷地夫妇从亲戚家回到鹿岛区,和其他两千多名灾民开始了长达五年的避难生活,谷地茂一的母亲也回到了原来的养老院。

"临时住宅的申请书要填写自己的职业,我回不到自己的店了,只能写'无业',心里真不是滋味。后来入住没多久,之前的常客给我打来电话,是个老年人,说是他吃不惯超市卖的生鱼片。那没的说,超市的生鱼片切好之后过了好几个小时才上你们的餐桌,而我家的生鱼片是你要多少就切多少,口感和鲜度当然天差地远。后来我开始开着车卖鱼,小高区的常客分散在不同的临时住宅区,我开车在这些地方来回,车侧面写着'小高的鱼店',边卖鱼边一个个确认邻居平安与否。"

据谷地茂一介绍,地震之前小高区有五家鱼店,超市也有四家。南相马市附近的海域属暖流和寒流的交汇处,是浮游生物极其丰富的绝佳渔场,这里捕捞的鲽鱼、比目鱼、鮟鱇鱼等海鱼因

站在谷地鱼店门口的谷地茂一。

鲜度和品质极高被誉为"常磐物"[*]，受到全日本的喜爱。"离大海这么近，这里的人当然喜欢吃鱼。"谷地茂一有些骄傲地跟我说道。[**]

核电站事故后的避难生活长达五年，其间让他心疼的是家里的藏书。"中间来打扫过几次，掉在地板上的那些书都成了老鼠和果子狸的窝，臭得很。室内都变成那样，原来的房子只能拆掉，现在住的是 2016 年盖的新房。现在我书架上还有一些从原来的房子救回来的书，翻一下就有点味道，没办法。"他说。

谷地茂一有许多爱好，画画、拍照、看书和看电影，他年轻时小高区有两家电影院。他回忆道，美国电影就去浪江町的电影院看，因为那里有很多美国人，都是为建设核电站来的技师。在

---

[*] 常磐物（Jyōbanmono），"常磐"是常陆国（相当于现在的茨城县）和磐城国（福岛县）的并称，常磐物指的是在这一带捕捞上岸的海产品。

[**] 第一核电站发生核泄漏事故后，福岛县周边海域的部分海鱼检测出放射性物质。福岛县各地的市场对当日卸载的所有鱼类都会做筛查检测，确认安全之后才允许贩售，检查结果都在福岛县渔业协同组合联合会官网（www.fsgyoren.jf-net.ne.jp/siso/sisotop.html）上公开。现在日本食品安全标准规定放射元素（铯）每公斤的含量不得超过 100Bq，这与欧盟（1250Bq/kg）和美国（1200Bq/kg）相比更加严苛，只要超标立即停售。

超市上班时，他拿到第一个月的工资就去买书，买的第一本是立原正秋[*]的作品，"我是透过他的作品体会到成人世界的爱情和女人，我收藏了好多他的初版。"继承家业后他还经常旷工去附近两家书店——铃木惣兵卫和爱真堂看书，经常被父亲骂，但这都是很久以前的事了。"所以我很高兴附近有了 Full House 这家书店，那里的氛围很不错，很时髦，毕竟是那么有名的柳桑（柳美里）开的。但我认为选书风格有点偏，漫画和杂志都很少，我喜欢的伊集院静[**]也没有。不过那样的书店能开在这里很难得，大家冲着她的名气从全国各地跑过来，当然说不上带动了地区的经济活力，不过我们住的地方总不能没有书店呀。反正如果我想要的书他们没有，就可以跟店员说一声请他们帮忙预订，我刚就订了几本书。"

小高区曾经拥有 12 800 人口，这个数字因避难措施一度跌到 0，在 2023 年末渐渐恢复到 4614。从 2016 年的避难指示撤销日算起已有七年，人口才恢复到三分之一，而且接近一半是老年人[***]。当被问到剩下三分之二的人什么时候会回来，谷地茂一立刻回了句话："不可能，他们绝不会回来的。"

"生活不方便嘛，我家是小高区第一个恢复营业的小铺，现在

---

[*] 立原正秋（Tachihara Masaaki, 1926—1980）是日本小说家，出生于朝鲜半岛庆尚北道，本名为金胤奎。父亲去世后母亲再婚赴日，故此金胤奎也在 11 岁后都在日本生活，后来与日本人结婚。1955 年以《白罂粟》获第五十五届直木奖。去世两个月前将原本只是笔名的"立原正秋"改作本名。

[**] 伊集院静（Ijyūin Shizuka, 1950—2023）是日本作家，出生于山口县防府市，是在日韩国人第二代，归化日本时改名为西山忠来。1992 年以《受月》获第一百零七届直木奖。

[***] 出自《南相马市旧避难指示区域个别的住民登录人口以及居住人口》，https://www.city.minamisoma.lg.jp/material/files/group/11/kyojyujinnkou_051231.pdf。

是有了几家便利店，但还是不够。超市也有一家，上午九点才开门，晚上七点关门，周日又休息。若你要上班、又有小孩，就根本没法买到新鲜的蔬果。这里的生活就是这样，有小孩的年轻夫妻会选择定居在附近其他地方，比如茨城县、枥木县或千叶县。你也看到这里的街道上没什么人吧，这不是因为是平日，到周末还是这个样子。所以在这里做小生意的也一点都不轻松，我们恢复营业的那一天是来了好多媒体做报道，客人也有一百多个，第二天来了五十个，第三天就三十个。第一年基本亏钱，现在好些了，固定顾客每天就有十来个，货车司机也会来买几份生鱼片，他们把它带回宿舍当下酒菜。但总之，生意规模比过去小了很多。"

我问他经过这里的货车是搬什么东西的，谷地茂一回道："土壤。难道你没看过校庭角落或住宅附近堆着的那些塑料袋吗，他们把那些（核辐射）污染土壤运到过渡性储存设施，就在大熊町。司机他们是从相马市（福岛县北部）来的，离这里还有点距离，货车就停放在小高区。那些司机在车上透过无线电聊天，好像其中一个人说在小高区有一对夫妻卖鱼，很会说话，就像说漫才一样，这个口碑传开之后，好几个司机成了我们的顾客。你知道吗？福岛县的货车司机有个习惯和别的地方不一样，他们看到对面有货车开过来，会轻轻举手打招呼。这习惯是从那次地震开始的，大概的意思是'原来你还活着呀，真好'。别的地方不会这么做，所以偶尔从别的地方来的司机看到对面司机举着个手，会觉得有点怪。不过最近举手这个习惯也变少了，我是听说哈。"

书香满屋 Full House

当柳美里决定卖掉在神奈川县镰仓市的房子,搬到福岛县南相马市时,很多人以为她疯了,劝说她改变主意。镰仓是日本颇具人文情怀的三大古都之一,她在那里已经生活了十四年,而南相马市还没摆脱核电站事故的影响,生活各个环节的核污染可能性仍令人忧虑。"你在虐待孩子""肯定是为了宣传,是不是电力公司给了你一笔钱",这些网上的攻击和谣言也挡不住她的行动,2015年4月她带着刚初中毕业的儿子来到福岛县,先在南相马市原町区租了一栋旧房子,开始了全新的生活。

柳美里1968年出生于茨城县土浦市,成长于神奈川县横滨市,十六岁从当地名门女校退学后不久,在东京的剧团Tokyo Kid Brothers做演员,十八岁主办话剧组织"青春五月党"。高中一年级退学之后她再也没去上学,在剧作家、Tokyo Kid Brothers创办人东由多加的鼓励下写出不少优秀作品:1993年以《鱼之祭》获第三十七届岸田国士戏曲奖,创造了该奖有史以来最年轻的获奖者纪录,1996年以《Full House》(中译《家梦已远》)获泉镜花文学奖和野间文艺新人奖,1997年以《家族电影》获芥川奖,成为日本少数在三十岁之前获得此奖的作家之一。因为柳美里是在日韩国人第二代,她的获奖信息得到日韩两国媒体的纷纷报道,还刺激了日本极右派,后者在签售会召开之际以炸弹恐吓威胁。她三十一岁生下了儿子,而长年的伙伴东由多加在她儿子刚满三

《Full House》封面，摄于书店 Full House。

个月时因病去世，柳美里依托亲身经历写出了《命》《生》《魂》《声》四部作品，该系列出版后不久成为百万册畅销书。

　　东由多加去世后，柳美里搬到镰仓并专注育儿和写作。她和福岛县的关系可以追溯到几十年前，她的母亲年轻时在福岛县的小镇只见町生活过一段时间，柳美里小时候跟着母亲来过一次，母亲把她带去那里的水坝湖，说是水里有一座被淹没的小镇。当柳美里得知福岛第一核电站半径二十公里内即将被封闭时，她联想到水坝湖里永远去不了的那座小镇，她急不可待地赶到第一核电站附近的小城市，因为她生怕以后再也去不了这些地方。她拍了那里盛开的樱花并发布在社交网络上，不久，很多因海啸或核电站事故而背井离乡的灾民纷纷求她去自己的故乡拍樱花。楢叶町、富冈町、原町区、二本松市或三春，核电站周围本来就有不少赏樱名胜，柳美里在其中几个地区被判定为警戒地区的前几个

柳美里和福岛的另外一个重要关联是她的作品《JR 上野站公园口》，这是她构思了十二年的一部小说，描写了日本东北出身的流浪者。该作品于 2020 年 11 月获美国国家图书奖（翻译文学类），摄于书店 Full House。

小时赶到。之后她每年都会去福岛各地赏樱，这一场始于 2011 年的樱花巡礼加固了她和福岛之间的纽带。

2011 年的夏天，柳美里参观了福岛县一年一度的盛大传统节目"相马野马追"*，以这件事为由，她受到南相马市临时灾害广播电台南相马云雀 FM 的邀请，从 2012 年 3 月开始与当地居民的对话节目"二人与一人"。受访的"二人"包括父子、老朋友、在避难所认识的新朋友、酒吧的妈妈桑和单身女子、领养三个孤儿的夫妻、在当地长年开餐馆的中国人夫妻、博物馆工作人员和昆虫爱好者，也有宫城县女川核电站的工作人员和他的妻子。虽然这份工作没有报酬，连交通费和住宿费都得自己掏腰包，但柳美里投入了相当多的心力，一年有三分之一的时间都在福岛。其实她在 2015 年搬到南相马市的主要原因，是为了节省镰仓和福岛

---

* 相马市有关武士和马术的祭典，穿着传统武士铠甲的人骑着马在街道上游行，还有赛马等竞技活动。

之间往返七百公里的成本。到 2018 年该广播电台关闭时，她采访的当地人已经达到六百位。

"这个广播节目第一百期的嘉宾是小高工业高等学校的语文老师，他们担心学生不爱看书。没有阅读习惯的学生，在毕业找工作的时候会遇到麻烦，因为大部分的公司入职考试都要求作文。后来柳美里在那所学校给学生讲课，教他们写文章、怎么表达自己。你是坐电车来小高站的吧？那也应该知道这里的班次特别少。学生下课稍微晚了些，就只剩晚上九点二十分的班次。我们店长柳美里发现车站附近没有地方可以打发时间，她创办 Full House 的初衷就是想给学生一个取暖、看书打发时间的小角落。所以刚开业的时候我们营业到晚上九点半。现在关得稍微早一点，到晚上六点为止，因为周围的店铺也渐渐多起来了，对面的餐厅营业到晚上九点，区内也有了便利店。"

在书店 Full House 里，副店长村上朝晴（Murakami Tomoharu）跟我解释道。这家书店开业于 2018 年 4 月，柳美里在小高区花了 2050 万日元买旧房改造而成，第一层是书店，第二层是柳美里和家人的居住空间。店名 Full House（满屋）来自她的第一部小说，运营资金来自网络众筹，"要创造出世界上最美的地方"的目标获得五百多人的赞同，开业之前筹资金额已经达到 890 万日元。

时值中午，书店面向宽敞的大马路，春日的阳光透过落地玻璃窗射进室内。木桌旁有一对老夫妇、一位老人（就是谷地茂一）和两位妇人正在吃午餐，老夫妇好像是第一次来，问了另外一名店员（柳美里的儿子）书店相关的事情，两位妇人边吃边商讨某件商品的设计事宜。虽然店外的街道几乎没有来往行人，但我在 Full House 的几个小时里，从开门到关门总是有人在这里看书，在咖啡厅慢慢吃饭或找店员聊天，从口音可以猜出大部分都是当地人，但也有少数外地人。柳美里曾在 Full House 开业时的媒体采访中说过："书连接着另一个世界。希望这里能够成为那些返回家乡或造访地震灾区的人互相交流的场所。"[*]看来这家书店已经融入部分居民的生活里，柳美里的愿望也实现了。

店里占最大面积的是"名人选书"的书架，由二十位名人的选书组成。一人选二十册，选书人包括电影导演岩井俊二，摄影评论家饭泽耕太郎，诗人和合亮一，剧作家平田织佐，作家角田光代、最相叶月、村山由佳、青山七惠等。

"刚开业的 2018 年，我们每周六举办朗读会，嘉宾就是这些（名人选书书架上的）作家。先请作家朗读自己的作品，接下来和柳美里对谈，然后是现场观众的问答时间。每场长达三个多小时，观众有当地人，也有坐飞机赶来的读者，活动氛围非常活跃。平时也有从远方来的客人，比如每周四来的一位医生是从日本东北的岩手县开车四个小时过来的，在我们书店里花一个多小时细看每个书架，然后买些绘本回去。

"这段时间我注入最多心血的是绘本角落，因为绘本是最好

---

[*] 出自《每日新闻》2018 年 4 月 9 日报道《柳美里女士的书店 Full House 开业》（柳美里さん書店「フルハウス」オープン）。

店内风景，由著名建筑师坂茂设计（无报酬），面积约 35 平方米，店内摆放 1800 多种约 5000 册书。

的媒介。柳美里也经常说，绘本很能和记忆联系起来，因为父母给小孩念绘本的时候肯定有身体接触，这种体会在人的记忆中会留很久。而且绘本在人生每个阶段都可以看，有些绘本的内容非常深奥，绝不逊于小说。很多人到了初中或更早时段就不看绘本了，觉得小说或诗歌更适合自己的年龄，而我是想多提醒大家知道绘本的重要性。目前小高区的居民以老年人为主，他们经常来这里为自己的孙女孙子买绘本呢。"

因为村上朝晴对绘本热情非凡，我问小时候父母也给他念过不少绘本吧，他挥挥手笑道："没有呢，我家采取自由放任主义。"村上朝晴也经历过大地震，1983 年出生于神户市，1995 年发生阪摆放名人选书的书架。

作家角田光代是柳美里的好友,她以"旅行"为主题选出《金翅雀》《在路上》等二十本书。

柳美里亲自写的图书内容介绍。

神大地震时他读小学五年级。"我其实是柳美里的伙伴,高中毕业后在便利店罗森打临时工,二十岁时遇见柳美里,之后便一直在一起。"

"虽然我们是小高区唯一的书店,但在旁边的原町区就有大型综合书店 TSUTAYA 和另外两家独立书店——文艺堂和大内书店。他们的书目种类相当齐全,一般书店该有的书、杂志和漫画都有。所以我想,我们这家店相对可以自由一点吧,比如东野圭吾的书我们没有,若有必要也可以给客人介绍原町区的那些书店。我认为 Full House 的存在意义在于交流,书店的好处就是你不用花钱也可以待很久,希望这里能够成为你想跟别人接触时会想到的地方。有一个年轻人经常来这里,跟我聊两个小时就回去,不买书,我觉得这也挺好的。在这里经营一家书店,只能这样一步步培养出信赖关系。"

村上朝晴虽然不是书业出身,但这些年的经历让他培养出一定的选书水平。让他感到意外的是,客人经常跟他说在 Full House 的好多书很特别,在别的地方没看到过。村上朝晴接着笑道"这不可能",因为这里卖的都是别家能买到的,纪伊国屋书店、丸善、淳久堂或其他小书店,应该都能找到。

"不过这也就是独立书店选书的妙处,你怎么选书、怎么摆在店里,可以拉近一本书和读者的关系。比如讲谈社学术文库系列出了一本新书,如要让一个读者遇见那本书,书店越大,那这个概率就越小。但在我们这种小书店,哪怕在书架上只露出书脊,

副店长村上朝晴来自神户，他在 11 岁时经历过大地震。

读者也比较容易注意到。另外，我们发现日本全国有好多有意思的小出版社，比如 Nana Roku 社*，或专门出版昆虫有关的文一综合出版，希望读者在这里能够注意到这些有意思的书籍，他们提供的不同世界应该会带你到更大的、以前没想到过的世界。"

　　离店之际，我问了村上朝晴搬到这里的感受，他说这是个好地方。"到现在还有人问我柳美里老师是不是偶尔也会来这里，因为他们不相信一个作家会特意搬到这里来。我回道，她就住在这儿。我们是喜欢这里的风土和人情搬过来的，搬家本来不就是这样嘛。福岛确实是个好地方，大家以为东北地区下雪天多，很辛苦，但这里几乎没下过雪。离仙台市坐电车一个小时，看电影或购物都可以在那里完成，若有工作需求要去东京，也就是新干线三个小时的距离。你想想，东京的确有很多商店和文化设施，但你住在那里会天天去那些地方吗？其实你生活真正所需的并不

---

*　位于东京都，出版过川岛小鸟的摄影集《未来酱》。

绘本角落局部，从经典作品到现代绘本作家新作，种类非常丰富。

多。这里能够让你过一种适当的、没有过多也没有不足的生活。"

灾害让人更相信书

　　从 Full House 往车站方向走三分钟，小高站前有一家双叶屋旅馆。我在这里住了一晚，老板娘小林友子告诉我，2011 年核电站事故发生后人人急求辐射检测仪，跑遍附近商家都买不到，最后她在一家书店里找到了。花了十三万日元，也一点不觉得可惜，因为当时那台仪器相当于当地人的生命线。不过，老板娘对这家大内书店印象绝佳，不只是因为多年前把那台仪器卖给了她，还因为她觉得他们是"本屋桑"（honyasan，对书店的口语化称呼）

的好榜样,"店面不大,但书很多。店员很友善,你想看的书跟他们说一声,第二天就有了"。

这家书店的名字,我也从 Full House 的村上副店长嘴里听说过。他说,在 Full House 开店之际大内书店的老板给过他不少建议和鼓励。和附近居民聊天后我又得知,大内书店是在3·11地震后没多久就恢复营业的书店,当时渴望信息的居民天天去买书,这家书店几乎成为市民的信息交换中心。

大内书店位于南相马市原町区,从小高站乘坐 JR 常磐线两站地或开车约十分钟即可到达,是一对老夫妻经营的独立书店老铺。店长大内一俊(Ōuchi Kazutoshi)是一位长相清秀、举手投足很温柔的老先生,问到经营情况时,他说疫情期间因为大家居家的时间有所增加,书的订购量也多了一些,之后都比较忙。"是不是3·11地震后那会儿也很忙呢?"他点头回道:"那简直是供不应求的日子。"

大内一俊回忆,地震那一刻他刚好在家里吃饭,地震后马上开车到店里看看。书店面积一百多平方米,从书架上掉下来的书塞满了所有的走道,只有一个小角落空着,店员在那里站着不知所措。他让店员回家,然后自己开始整理书籍。虽然停水,但电还有,他从电视得知海啸来了,但电视节目的报道中只介绍了仙台周围的情况,所以他当时并不知道距离自己不远的福岛县沿海地区也发生了同样严重的灾害。第二天他照样开店,街道的样子也和平时没有太大差别,毕竟大内书店周围没有受到海啸的侵袭，但后来有一位客人开车从双叶区来，他要买张地图，说马上得离开这里，并且要到尽量远一点的地方。这位客人对这块地区的平静反而有些错愕，离店时跟大内一俊说："你们怎么还没逃？！"

从上世纪七十年代的核电站建造至今，日本政府和东京电力公司将无数的人力和财力投入周围地区，为的是消除人们对核能的戒备之心。核电是安全无污染的，深信这个"核电神话"的大内一俊还没发觉事情的严重性。但妻子从别人那里听说核电站发生事故，于是他跑去对面报社确认，得知信息无误的同时，也了解到报社员工都要马上撤离。大内夫妇决定开车到山形县亲戚家避难，那里离福岛县约一百公里。在前所未有的"油荒"中，他在加油站前排长龙购买燃油，每周一次开车从亲戚家回到书店继续整理书籍。虽然没有正式营业，但大家看到店里有人，也会不时地进来买书带回去。

"我们的店离（福岛第一）核电站有二十五公里，事故发生之后官方在核电站半径二十至三十公里之间划了一个'屋内退避区域'，我们就在这个区域里，那段时间我们尽量不出门，出门时要穿长裤长袖，戴上口罩。一个多月后的4月22日屋内退避指示解禁，到五月黄金周期间，我们的店已经恢复营业了。"

大内书店所在的原町区，核电站事故发生之后离开了不少人。但到五月这里的人口已经恢复到原来的一半，所以大内书店一开门，很多居民都涌进来了。

大内一俊认为开书店是自己的"天职"。

书太多了,店里永远有弄不完的纸箱。

"核电站半径三十公里内的区域,当时一般货车没法开进来,不被允许,所以便利店也没有货,不用说杂志,连吃的东西都很少。其实我也考虑过继续停业,因为没有书,没有杂志。中盘也没办法,所以我跟他们说,我自己开车到你们的运输中心行不行,他们也同意了。就这样我每天开车三十多公里去取货,一回到店里电话响个不停,那段时间我的脖子都歪了,因为我一边接电话一边接待客人。"

我问他,当时大家看什么书呢,他说"什么书都看"。小孩要看漫画和绘本,教材也卖得很好,成年人主要想看杂志,获取最新信息。

"因为地震之后的两个月运输系统都停了,这段时间的杂志都堆在仓库里。我跟中盘商量之后把这些过期的刊物都摆在店里,大家可开心了,那段时间的杂志一直在刊登和核电站有关的信息,这就是我们想知道的。很多客人拿个大塑料袋装满杂志扛回去。可以理解,因为在这种非常时刻,你手里的信息及其正确性就是一条生死界线。手机上网读到的文字,包括社交网站在内,很多时候是不可靠的,标题也好内容也罢,他们的第一目标是吸引眼球,我们灾民不需要这些。过了那段时间,我的结论是印在纸上的信息还是比较可靠。而且看纸质书不用电嘛,停电也可以看。还有一件事,平时你们可能没法感觉到,纸质书本身的重量和手感在非常时刻能够给人一种安慰。"

东日本大地震后,与地震相关的访谈集、指南书或摄影集陆续出版，这些书在大内书店也卖得非常好。十多年了，我问他现在回想当时的感觉如何，他沉默一时跟我慢慢说道："从那时候开始，我对这份工作的心态就产生了很大的变化。"

"说实话我以前不怎么喜欢开书店这份工作，只是习惯性地持续着，而现在呢，我认为这是一份天赋的职务，特别喜欢。当时我看到那么多人想要书，他们异口同声地跟我说，感谢你在这里开书店。我可开心呀，从心底为自己的工作感到骄傲。现在我的生活就围着这家书店转，因为身体有些虚弱，有时候我会住院几天，但也会偷偷出来看一下我们的店怎么样了。平时的睡眠时间分两段，我晚上七点回到家，用餐之后躺两小时，零点之前回到店里整理书架、帮客人查书目。凌晨四点回家再睡四小时，吃完早餐就开店了。"

知道大内一俊的作息习惯，我也有点不好意思再继续打扰他。正在准备离开时，他悄悄地跟我说"这可是企业秘密呢"，然后递给我一张纸。那是客人传真过来的订单，上面写有三本书的书名和作者姓名，纸上还有密密麻麻的不同字迹，是大内一俊查询图书信息之后写上去的。

"这些书都是绝版，只能从旧书店找来。为了应对这种客人的需求，我取得了古物商许可证。有些书比较难找，查询一本书的信息就要半个小时，客人的这张传真我花一个半小时才能处理完毕。还有的书在亚马逊上也找不到，但我知道出版社有，我打电话给出版社，求他们把书直接快递给我。现在这种订单挺多

大内书店还有日本东北以及全国的纸质版地图。　　　地震相关主题的其他书。

的，这里的人知道大内书店除了卖书之外，还会帮他们查信息，会尽可能地把书找出来。客人想要的书无论如何都得找出来，这是一个小书店的生存之道。"

大内一俊接着介绍，地震之后因为人口结构的变化，大内书店的客群也和以前不一样了：因为带孩子的家庭没回来定居，教材和儿童书现在都卖不动，之前畅销的 BL 系漫画和小说，以及女性杂志的销售额也跌了接近九成，因为喜欢这类作品的年轻女性都搬到别的地方去了。反观，开始增加销量的是老年人喜欢的摄影、下棋、遥控飞机或铁道相关的书籍和杂志，和地震前相比多了五倍。

"书店的经营很困难，不管是在灾区或日本其他地方都是一样。地震前也是，我们的店连续十二年销量衰减，我几乎绝望了。销量减少的原因很多，网络书店、便利店、少子化、阅读习惯的

店内风景，书都没来得及放在书架上。

我们 就 生 活 在 这 里，我 们 没 的 选

收银台周围是一个小宇宙。

绘本角落，这期主推与猫相关的作品。

畅销书的到货通知。

变化等，加上地震前一年，这附近开了一家全国性连锁书店，很多同行以为大内书店不行了。但是接下来的事情让我大开眼界。那时候大的书店没法应对史前无例的大灾害，反而我们这种小的书店可以自己想办法把书递到客人手里。小书店有小书店的好处，我们能够照着周围的变化改变自己，应对眼前的现实，我们是有希望的。这是我在地震之后的那段时间里学来的，我相信客人也认识到我们店的存在意义。一旦有了这种信任，客人不会忘记我们，我也尽可能不辜负大家的信任。"

春天的细雨

离开福岛县的那天我又去找谷地茂一，因为有点舍不得，想跟他打个招呼。那天刚好是鱼店固定的休息日，按下门铃马上传来"嗨"的回声。我说谢谢您的照顾，他说哪里哪里，说完走出门外开始跟我闲聊。他说今天没去 Full House，而是去了别的一家食堂吃了午餐，我问他吃了什么，他说吃什么不是个问题，关键是"那里的阿姨胸部大"。想必这是 Full House 的村上副店长提供不了的眼福。不久开始下雨，谷地茂一根本不在乎，继续跟我说笑话。雨下得有点大，我们走进玄关里避雨，他望着天空说："春天的雨真好，你说呢。"

他在那里让我等一会儿，说可以给我看看小高区以前的样子。他以前很喜欢拍照，拍过不少当地的生活情景。我坐在玄关处的台阶等待，整个房子还是很新，也不小，一看就是结构很坚实的平房。室内铺着很干净的榻榻米，有大屏幕电视和传统木桌，桌上有吃了一半的甜面包，电视屏幕上播放着无声黑白电影，应该是他放的碟片。

照片没找出几张，他跟我道歉，我说请千万不要这么说，这些照片都很好看。但照片越好看，我越不知道该说什么。看完照片，跟谷地茂一道别，一直保持笑容的他在那一刻一本正经地直视我说："柳桑是自己决定来这里的，而我们呢，本来就在这里生活，我们没的选。"

从小高站乘坐电车，再换乘大巴回到了东京，这样比坐新干线便宜许多。首都的空气和节奏马上把我拉回到自己所熟悉的生活里。但到现在，我脑子里偶尔会浮现那天下午阳光下的面包块、屏幕上的黑白老电影，还有像绢丝一样温柔的春雨。我会想起谷地茂一说过的好几个黄色笑话，也想到他没说的种种，不禁怀疑这样的采访和写稿是不是太肤浅，因为我一点都没懂。他们的过去，他们的那一天，他们的现在。但另一方面，我还是相信圣埃克苏佩里说的那一句：做人即承担责任。知道了，这事本身附带有一种责任。有人在那里坚持开书店，继续卖鱼或开始新生活，一旦知道这些事和人，某种意义上你我也就成了其中一部分。

谷地茂一的藏书。"我喜欢的立原正秋和伊集院静都和朝鲜半岛有关，柳桑也是，这是一种偶然，好神奇呀。"

"这块地方现在不能进去。"谷地茂一说。

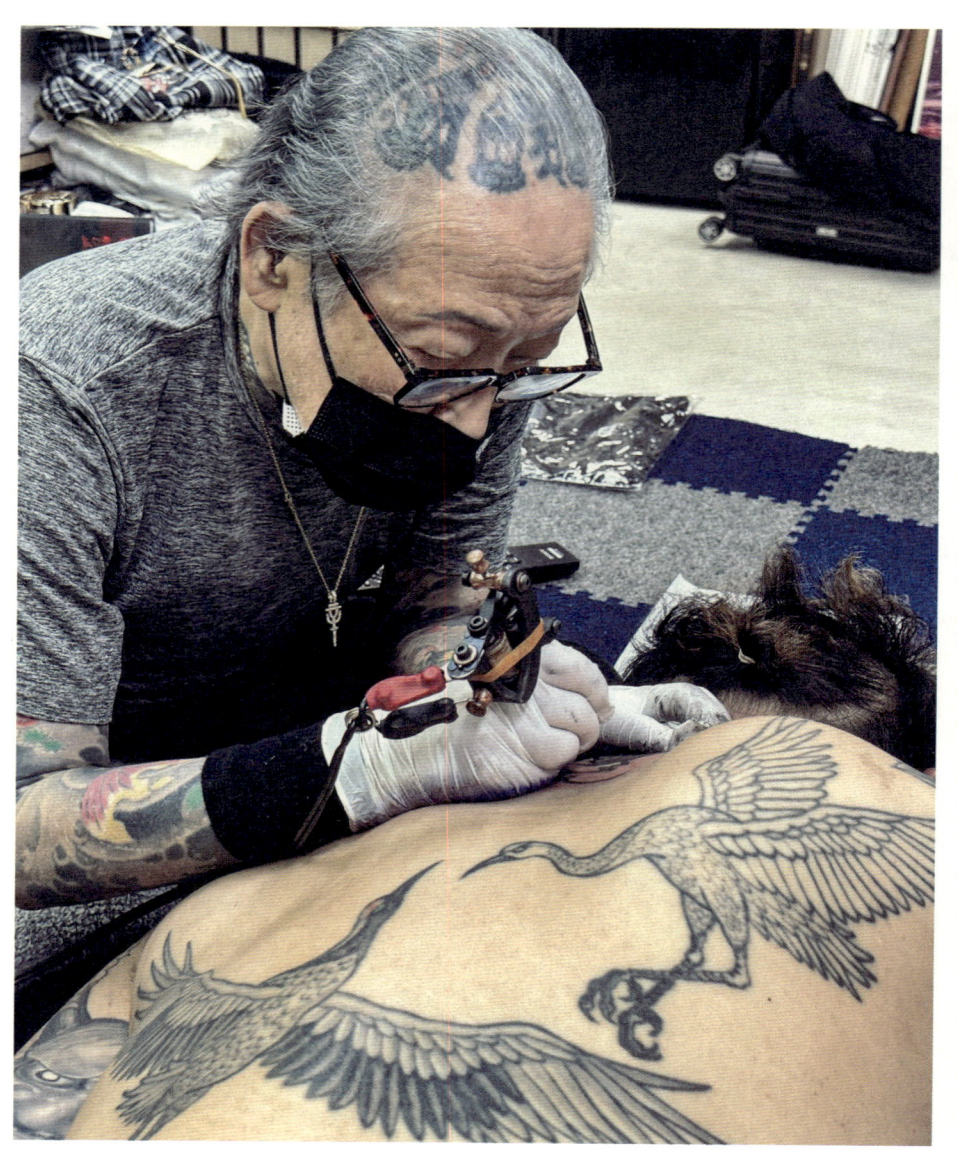

三代目雕佑西正在为客人刺文身。

CHAPTER

10

我存的一百万，
都没人领

——

专访文身匠人
三代目雕佑西

三代目雕佑西
三代目彫よし，Horiyoshi III

日本著名传统文身师，真名为中野义仁（Nakano Yoshihito）。1946 年生于静冈县岛田市，1971 年二十五岁时踏入横滨雕佑西门下，1979 年三十三岁继承师名，成为三代目雕佑西。1985 年受邀参加在罗马开办的文身大赛，之后陆续参加欧美各地的相关比赛。2012 年在伦敦萨默塞特宫举办个展。其作品（文身原画）《风神雷神》现藏于美国佛罗里达州森上博物馆，《竹林幽灵》和《升龙》现藏于史密森尼美国艺术博物馆。至今出版过若干画集，包括《百鬼图》(1998)、《水浒列传图谱》(2001)、《幽灵鬼斗卅六鲜图》(2007)以及《幻妖武者五十八魁图风》(2008)，均由日本出版社出版。2021 年，其子中野一义正式袭名，成为四代目。

三代目 Instagram @horiyoshi_3
四代目 Instagram @horiyoshi4_yokohama

我手里有一本关于文身的摄影集。把它打开的那瞬间，某种低温的魅力抓住了我的心。华丽绚烂的虚构世界呈现于皮肤上，虽然它与人是一体的，却明显带有属于自己的生命。

摄影集《蓝像：须藤昌人刺青写真》（小学馆，1985）收录十位日本文身师的"作品"，即男人们身上的各种文身，而其中介绍最多的作品由一位名为"三代目"（Sandaime，意思是第三代）的传统文身师之手创造。他在上世纪七十年代成为著名文身师"彫よし"（Horiyoshi，中文一般写作"雕佑西"）的住家弟子，后来获得"三代目'彫よし'"的袭名*。他的技术水平独特出众，可以不用手稿就直接把图案画在客人的身体上，且对传统图案很有讲究，不管是武士、风神雷神、观音、鲤鱼或龙，都自带独树一帜的风格。

故此他不仅深受日本国内文身爱好者赞赏，更是名扬海外，不计其数的膜拜者遍布世界各地。

三代目雕佑西（后文称三代目）的工作坊位于神奈川县横

---

* 袭名（shūmei）指袭用先人的名讳，作为自己的新本名的同时，对外也使用该名号。

滨市，除此外附近还设有一家"文身历史资料馆"，从极为低调的杂居水泥楼外观难以看出来，但它实际上可谓是海外文身师的心中圣地。据馆长介绍，这里的资料基本都由三代目亲手收集得来，大量的图片、照片、工具、古文书等。收罗到这么齐全的资料，我猜想三代目是个坚韧又一丝不苟的人。

该馆有几个角落展示着海外文身师从世界各地寄来的纪念品，如信件、三代目的肖像画或手工人偶，墙上贴满的照片里，他们展示着刻在自己胳膊上的三代目轮廓，表示对他的敬畏之情。馆长——其实是三代目的妻子中野真由美女士——透露这里曾经接待过红辣椒、大卫·鲍伊等著名音乐人，近年来自中国的参观者明显有所增加。"他们都很喜欢和我老公合影呢。"她微笑道。

现在的文身，有人认为它是时尚风格的自我表达，是随着现代医学进步的理性选择。但还有人会联想黑道人物，加上源自于"身体发肤，受之父母"的儒教概念，不少人对文身者存在着一定的抗拒心理，导致文身在日本遭受"墙内开花墙外香"的冷遇，成为人们侧目的存在。日本的"钱汤"（公共浴场）属于保障居民卫生的必要设施，至今一般都会接受有文身的顾客。在不少民众家里还没有洗澡设备的昭和时代，小朋友在澡堂里大声问父亲"那个叔叔为什么后背有图画"，并让父亲浑身冒冷汗是一种常见的风景。而部分温泉设施为避免其他顾客感到不适，会拒绝身上有文身的顾客，或在文身图案不大的情况下提供创口贴将其盖住。

门前的狐狸像。"这是我捡来的。有天我经过一座被拆的神社，它就掉在地上。觉得好可怜，就带回来了。"

日本黑社会源自于江户时代的流氓和赌徒组织"侠客"，他们为了抵抗外界的压迫格外重视相互结盟，也会培养家族意识。文身在其中代表着帮派和身份，同时含有自制力和美学的象征，从这点来看黑社会和文身并不能画等号，但这两者确实是密不可分的存在。而随着近年黑社会本身的文化，尤其是其中"行侠仗义之辈"的气概在商品经济发展之下逐步走向衰弱，文身和文身师也自然而然地在其漩涡之中。

我跟三代目约见在一个平日的下午。其工作坊所在的横滨市，人口三百七十多万，位居全国前列。而三代目的工作坊位于闹中取静的住宅区，木质和混凝土融合的公寓第二层，和横滨站周围的热闹相比又是另外一个世界。工作坊的门外挂着刻有"三代目雕佑西"的木牌，门前摆一只陶制狐狸，是在日本常见的"稻荷神"（农业与商业的神明）使者。看到这只狐狸我心里也稍

三代目，摄于工作坊。

微放松下来，吸几口小气，然后敲门三下。"欸"一声从里面出现的，就是三代目本人。

"来了啊，辛苦了。进来吧。"他的口气非常亲切，动作也看似很随便。但进来那一刻他与我对视，那目光并不像年过七旬的老年人。屋子里面不大，经过一个玄关就是大约有三十平方米的榻榻米房间，这就是他的工作坊，让客人躺着忍耐痛苦做文身的地方。我们先互相寒暄几句，他的话语干脆利落，带有过去的"潇洒男人"风格。接下来他直接坐在榻榻米上并用手示意，我跪在榻榻米上行礼。本次的采访就这样开始了。

爷爷的"任侠"世界

三代目雕佑西的本名为中野义仁,1946年生于日本静冈县岛田市,是一座大井川河流边上的小城镇。他的父亲是木屐匠人,爷爷是活跃于明治时代的任侠之士,中野义仁在这位爷爷的关爱下长大。

"我出生时他已经金盆洗手,但他年轻的时候算是黑道人士,在祭祀或集市中摆摊谋生。这些人特别注重并贯彻男人之道,很讲义气,记得小时候他经常跟我说一句话:你将来做什么都可以,但一定要做到日本第一,哪怕做小偷也得做到日本最厉害的小偷。他就是这种人。所以我后来立志要做文身师时,其实父母是蛮反对的,但我就决定要做一个绝不会输给别人的文身师。"

初中毕业后中野义仁离开父母家,并搬到静冈县清水区,找了一间不到八平方米的房间寄宿。有人说当时他之所以选择清水区,是因为受了明治时代的民间英雄清水次郎长[*]的影响,但他边挥手边说:

"不不,那完全是编出来的。我并不讨厌清水次郎长,他确实是好人,对当地民众的贡献很大,比如兴建港湾,推进富士山周围的开垦计划,开日本第一所英语私塾。但我搬到清水区是因为那里的工资高,仅此而已。(笑)"

---

[*] 清水次郎长(Shimizuno Jirochō,1820—1893)是从江户时代末到明治时代的大侠客,本名为山本长五郎,是带领清水一带的帮派"清水一家"的老大。以清水次郎长为题材的浪曲(日本的说唱艺术之一)或电影作品有很多,这也反映出他的受欢迎程度。

"当时的学生到初三就被分成两组,'升学班'和'就业班',我属于后者。临近毕业时段,学校走廊里会贴出很多招聘信息,我选了其中工资最高的,就在清水区。那是日立制作所的承包商,当时日立做的马达盖是铁质的,做坏或报废了的铸件先集中在一个地方,然后用巨大的铁球粉碎,再来回收利用。有的铸件太厚,我负责拿电动钻机来打孔粉碎。你头上就有那个大铁球,就靠一个钩悬挂在空中。其实挺危险的,万一它掉下来我们工人就没命了嘛。作业中也有点安全隐患,有一次我用电动钻机的时候一个小铁片弹到我脸上,眼睛差点失明了。后来老兄给我介绍另外一份工作,在造船工厂当熔接工人。后来才得知,老兄只想要猎头佣金而已(笑),不过工资也比原来要高,而且没那么辛苦,我自己也挺满意的。"

就在这段时间里,二十一岁的中野义仁有了人生第一个文身。这可以说是受周围环境影响的结果,因为当时他居住于一所木造公寓,其他居民只有两种,要么是刚刑满释放出来的黑道人士,要么是一本正经且肌肉发达的匠人们,这两者虽然风格不同但身上都少不了文身。另外,中野义仁心底对文身抱有来自幼时的一丝憧憬:

"我小时候,很多家庭都没有自家洗澡间,大家忙完一天的活就带个小毛巾到钱汤。有一天,我还在小学的时候吧,在洗澡的时候刚好有一个男人从我身边的浴缸站起来,身上居然满是文身,我被震撼到了。太帅了,实在了不起,那时受到的冲击一直留在我心中。后来找了很多文身图案观赏，我最喜欢初代雕佑西（后文称初代）的风格，自己开始赚钱之后就请他在我背部做天女的图案，过一段时间又请二代目做龙的图案，我的后背的文身可以说是初代和二代目携手完成的。"

文身师"茅庐三顾"

青年中野义仁上门找初代并且把他认定为干爹，就是因为一件"小事"。

此前他曾自学文身，已经可以用自制工具给别人做文身了，在朋友们之间的口碑颇高，完全能靠此谋生。但独自学来的技术和知识范围总会遇到瓶颈，比如颜色的控制和手法等，中野义仁很想找初代从头到尾学好"真正的文身"。他写了一封信给初代，却毫无回音，接下来他用 chikki（过去日本国有铁道提供的托运服务）和专人直送的方式寄信，仍然杳无音信。纳闷一个多月，到寒风瑟瑟的二月份，中野义仁决定直接去找初代，并当面商量。

"当时初代是蛮认真听我说的。听到最后他问我，做学徒不赚钱，这能否接受。我说钱是无所谓的。初代说，你是已经可以靠文身赚钱的，却愿意来做学徒，这个人比较可靠。"

师傅愿意收中野义仁做弟子，但身为一家公司的员工，中野义仁纳闷该怎么向老板提出离职。这位老板人品很好，和中野义仁的关系也不错，这样更难以开口了。最后他没能鼓起勇气说出来，无奈留了一封信给老板并表示感谢和歉意，也说明清楚离职之后要做什么。后来他听别人说起那位老板，他看到中野义仁的道歉信之后表示满意，说是年轻人离职时一般不会说什么，一溜烟就飞走了。

"到了四月份，我就带一个波士顿包（包底呈长方形，采用硬质面料做成的包）来到横滨，包里的七万日元是我的全部家当。过去信息传递不方便，虽然静冈县和横滨不远，但我对横滨的印象很模糊，只知道那是港口城市，我想肯定很洋气的吧。结果来横滨上个厕所发现，跟清水这个小镇一样是抽取式（茅坑）。我想啊，原来生活水平上差别没那么大。然后，好不容易找到初代的住所，他刚好不在，大姐（初代的太太）帮我给他打电话，我就听到她向话筒说一声，喂，你的弟子来了。一开始就这么把我叫成弟子，我心儿怦怦呀。初代骑着摩托车马上回来，带我到他的工作坊。踏进他的工作坊的那一刻，我就意识到自己终于可以成为真正的文身师了，实在感动不已。初代让我住在工作坊的二楼，楼梯坡度过陡，我至今都没看到过这么陡的楼梯呢，爬上去就有一间四个榻榻米大小的房间。房间里大约一半面积被架子鼓占领，说是二代目、初代的儿子是搞音乐的，剩下的两个榻榻米上铺有一张薄薄的床垫，什么材料我搞不清，应该是聚氨酯海绵什么的吧，反正是市面上最便宜的那种，床垫上面放一张夏被，还有枕头。全都是新的。初代跟我说，因为你要来，就买了这些。我呢，来这儿之前到处流浪，也住过很多地方，但从来没遇到过对我这么好的人，简直感激涕零。我当初下了决心，这一生就要献给他。"

1971年樱花满开的春天，二十五岁的中野义仁正式入门并成为初代雕佑西的弟子，踏进日本文身界。而在外面的世界里，日本经济增长率持续在百分之十以上，国内生产总值（GDP）达到两千亿美元，超越西德并成为全球第三大经济体。学生运动迎接高峰后开始走入终点，整个社会面向经济的黄金发展期。而此刻中野义仁在横滨开始的新生活，就建立在两个榻榻米和一张薄薄的床垫上。这可以说是一个逆向选择，而因为如此，外界的世界日益割裂、渐渐失去共情能力时，他体验到过去社会中的某种连带感、以及随之而来的快乐和负担。

做弟子的生活

长年在各地流浪的中野义仁终于遇上好师傅，但做他的弟子并不容易。说及做学徒的那段时间，三代目的主要回忆能归纳为一点：被骂。

"真的是天天被骂，做啥都被骂。比如，初代说明天星期天你可以休息，我好开心呀，就出去玩。晚上回家接到初代的电话，他很不高兴地质问刚去哪儿了。我说去看电影呢，他就大声叱责一顿：'八嘎呀路！今天来了个客人！'我心想，是他说我可以休息的呀，但也没回嘴。初代很有匠人风格，自己在忙，也不会拒绝客人，要求弟子同样这样对待客人。还有一次，在夏天工作结束后我回到自己的房间洗澡，刚好初代打来电话，但我没听见。洗完澡初代又打来电话并问我干嘛，我说刚才在洗澡，他说'可真阔气啊，我这边刚才有客人呢'。我真想说，夏天忙完一天洗个澡都不行吗？但最后也只能回一句：不好意思。上一代的人就是这样，自己说的事儿都对，做错也对。就这样。"

但被骂并非意味着被嫌弃。当时雕佑西门下有不少弟子，有的不堪天天挨骂的日子而悄悄离开，有的干脆被初代赶走。

"有一次初代叫我去把一个弟子劝走。那小伙子并不坏，从不顶嘴，也没有被初代骂过。我很不情愿也没办法，把小伙子请到咖啡馆说：初代要让你再考虑考虑。他说一声好，就回去了。老爷子（指的是初代）只要事情弄不好都交给我，心情不好就骂我，但好像他是用这种方式来疼我的。他只会用这种方式来表达。"

刚开始做徒弟的，一般不被允许碰工具。他们只能透过打扫、整理房间、为师傅跑腿或照顾客人的间隙偷看师傅的手法，偷学技能。而中野义仁因为已经有基本的文身基础和经验，入门之后没多久就被允许参与部分工作。

"刚开始初代只让我做比较简单的，比如画粗线，或施晕色也只负责最黑的部分。所有的流程都由'手彫り'（tebori，手针）来完成，那个时候是没有电动文身机的。再过几个月，初代叫我再做多一点，就这样慢慢能做全身的啦。做完文身，我很想问问初代觉得怎么样、到底可不可以,但他绝不跟我说这些。他是会过来看一眼的,但只说'嗯'。也有时候明显做得不好,或干脆失败了,我就去问他自己做得哪里不对,但他的回应也就只有'嗯'一声。你只能从他的表情和声音猜一下刚刚的'嗯'到底是啥意思,得动脑筋。我和他每天就重复这样的'对话'。"

至今,日本传统文身重视"手针"手艺,右手拿长针,并把它贴在左手拇指侧面,用颜料浸润的针头反复戳皮肤,将颜料填入体内。这个技法一般被分为"芋突き"(imotsuki,指用针头连续轻击皮肤)和"ハネ針"(hanebari,指针头拨动的动作,会发出噼啪声)两种,但按三代目的说法,这两种顶多是"初级中的基本"。

"要学好手针,到目前也并没有任何书籍或资料,你只能靠口传或跟着师傅学习。所以我跟你讲,现在很多文身师说是会手针,但只会'芋突き'和'ハネ針'的基本功,但只靠这些不能说你会手针。我们还有很多其他技法,比如'タテ針'(竖针)、'ヨコ針'(横针)、'カド針'(角针)、'ウラ針'(里针)、'ヒネリ'(捻)……熟悉了这些手法,就可以把它们组合起来,这样才能做出像样的晕色。晕色也有四种不同手法,'薄墨'(usuzumi,淡墨)、'中墨'(nakazumi)、'本墨'(honzumi,全黑),还有'曙'(akebono,渐变),可以自由操控这些技法的,估计在日本也没有几个吧。别人花两三个小时,我只用三四十分钟即可完成。这样客人也比较轻松。不同技法混合使用,才能缩短操作时间。"

小费去哪儿了

因为大部分的时间都在一起，中野义仁和师傅是师徒，亦是家人一般的存在。而且中野义仁正在满腔热血的青年阶段，这段时间的回忆和故事很多，本次采访中他的笑容最多的也是回忆这段时间的时候。

"有一次我在伊势崎町（初代工作室所在地）的路边和别人打架，打得可厉害，差点儿把对方弄死。我看见对方在地上开始抽筋觉得不妙，就拦了个出租车逃掉。因为怕警察会来追捕，我在中间换了好几趟出租车，试着搅乱对方，到晚上才回到房间。第二天一早我做的第一件事情是看报纸，查下有没有关于伊势崎町杀人案件的报道。没报道出来，以为这事儿就过去了，没想到大概过一周，老爷子突然跟我嘱咐，千万不要随便和人打架。他说我们文身师并不是小混混，而是技巧纯熟的专业人士，所以得多保重身体，不然没法工作了。我说好的，这之后真的不打架了。我到现在还会想，他是不是因为知道那天打架的事儿才找我的，还是只是纯属偶然。我想，也许他是知道的。"

不打架不找麻烦，中野义仁把更多的精力用于提高技术上，连师傅的女儿都看上了。有一天她突然来找中野义仁，说是要让他做文身。师傅的女儿他不敢碰，可对方非常坚持，还威胁他说不做就去找雕锦（Horikin），相当于雕佑西的竞争对手。中野义仁只好接受，给她做文身，没过几天初代发现女儿身上有了文身，马上找他臭骂一顿。"但我没有解释，也不提雕锦那件事。给师傅的女儿做文身，无论有什么理由还是不应该，这种情况男人不能解释，做错就得认。"

从这些故事也可以感觉出来，中野义仁的性格并不内向懦弱，而是很忠厚规矩、感情用事，可谓是一位老实人。这种人在居多情况中会吃亏，但幸好他有个好师傅。再说，能找到一位好师傅也是一种才华，总之他之后的发展成功是时代、环境、性格和个人钻研的结晶，很难模仿。

有一天，中野义仁又被初代叫过来。他做好挨骂的准备，没料去见师傅时，对方把一本银行存折递给他，还说"里面存了一百万（日元）"。中野义仁更蒙了，后来师傅慢慢给他解释，这笔钱到底是怎么来的。

"做弟子的时候，我的分成是百分之十。当时我的收费标准是一场一千五百日元*，后来涨到三千，再来是五千，分成就是一百五十日元到五百日元，其他都交给了初代。文身工具旁边我们放了小箱子，做完文身客人把小费放进这个盒子里，当时这不叫小费（chip），就叫'香烟费'。也是百分之十左右的标准吧，现在这个习惯早就没了，但过去有人去做文身嘛，不给小费是一件非常丢脸的事情。所以不管是黑社会的还是木匠人，他们做完文身先把费用付清，然后再给点钱。老爷子偶尔过来问我，你那

---

* 据《价格史年表：明治·大正·昭和》（朝日新闻社，1988），1975年在东京喝一杯咖啡的价格约为二百五十日元，按当时的物价来看，一千五百日元的收费并不高。

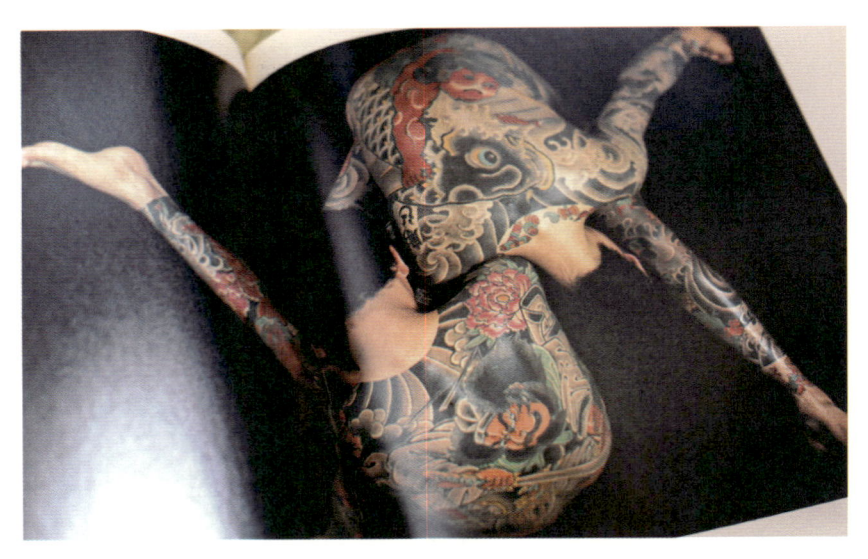

三代目雕佑西的作品，出自摄影集《蓝像》。

三代目工作坊上方挂着初代的肖像。

我存的一百万，都没人领　　　273

初代的作品，出自《蓝像》。

二代目的作品，出自《蓝像》。

个箱子里是不是有了香烟费，我点头他就把箱子拿走。我想呀，他怎么这么恶劣，连小费也要没收。但是呢，他是把这些钱存到银行，就在用我的名字开户的账户里。那小本子上就有过去的存款记录，一百万并不是一次性存下来的呀，而是每过一两周存一点点，因为小费也要跟初代、二代目和我三个人平分嘛，其实没多少钱，他是花了好几年慢慢累积成这个样子的。想到这里，我真不敢碰这么珍贵的大款，但同时呀，我确实学到存款的概念和它的重要性。之前的我没这个概念，手里有多少就花多少，更不会想到将来独立开业时的资金该怎么准备。上一代的那些人呀，是不太会说话，就默默地帮你存钱，到一百万就拿出来给你。你会不会觉得这种老派人做事很潇洒？这就是他们的美学。现在可不能这样啊，什么事情都得事先说清楚，工资多少分成多少，否则人是留不住的。"

袭名三代目

其实中野义仁在初代身边的时间并不长，因为后来初代生病住院了。中野义仁每天去医院看看师傅，吃完午饭就出门，先在便利店买两个肉包子，是给师傅的护工的，把包子递给他之后就和师傅聊一个小时。从来没看见过师傅的家人来探望，他算是唯一的。当时的雕佑西工作坊里也就只有中野义仁，他的名气不够大，客人不多。那些日子过得非常平淡，上午在工作坊画画，下午去看师傅，回来再看看书画画。让他难过的是，每当他出现在病房时，初代会问他一句，"中野，你今天有活儿干吗？"中野义仁只能说没有呢，而初代每次都会叹气道，是嘛，这怎么会呀。

后来初代告诉中野义仁，当初并没有让他袭名的打算。所以他曾经跟中野义仁提到过，未来可以在东京西边的深川（江东区）独立开店，因为他年轻时是在那里做过建筑工，熟人多，而且那里的黑帮也不少，不愁客源。但住院期间中野义仁展现的诚意和行动，也许让初代提早决定了这件事。1979年初代提出袭名事宜，要让中野义仁继承师名"雕佑西"并成为"三代目"。但中野义仁反而犹豫不决。

"初代的儿子是十五岁就开始学文身的，当时已经可有名气，而我是二十五岁才真正开始学文身，又不是亲人。既然阅历差距这么大，我就不敢接三代目。当时初代的儿子也已经袭名为二代目，但长期漂泊在外。我问老爷子，如果大哥（二代目）回来怎么办？老爷子轻松回道，那么就让他做你的弟子呗。他这么一说，我就更不敢（袭名）了呀。"

不久二代目真的回来了，想找中野义仁说说话，两人坐在咖啡馆谈事，谈的就是袭名事宜。按道理来说，关于这个话题二代目也有话语权，但他曾经收的徒弟都走掉了，没有一个留下，他手头也并没有其他人选。加上不在父亲身边时，中野义仁并没有违背师兄的信任，一如既往地照顾初代，二代目也不得不认可他了。后来二代目在中野义仁袭名后不久就离开文身界，按中野义仁的解释是因为人际关系上的各种原因："文身这个世界很复杂。不像现在，过去很多客人都是黑帮，有时候文身师被他们利用，或被夹在几个客人中间，特别辛苦。二代目可能受不了这些，不想做了吧。"

我们聊袭名这件事时三代目叹息说，人生的安排总是神奇奥妙，谁也摸不清底细。其实初代提出袭名事宜的同时，还向中野义仁拜托了身后事，就是自己的太太。师傅问他，亲属并不可靠，但外人会负责任，是不是？中野义仁只能点头说道"嗨"。"那一声嗨啊，就是把我捆绑在这里的铁链子。那天我说的嗨、薄薄的床垫，还有那一百万，这就是在我人生当中最有决定性的三件事。坦白说，若没有这三件事，我很可能早就离开这个圈子了。"

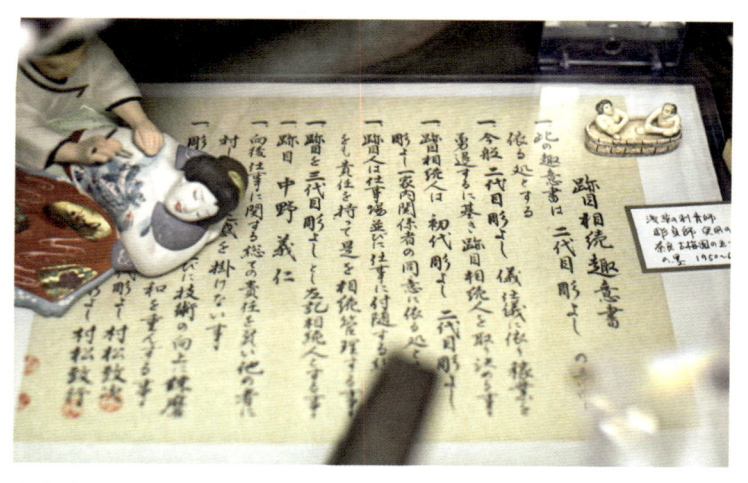

迹目相续趣意书，摄于文身历史资料博物馆。为了避免日后的纠纷，三代目袭名时制作了迹目相续趣意书，上面有初代和二代目等相关人士的盖章。"迹目"是对预定继承人的称呼。

至今他还把大约一成的收入交给师母。"践约"对中野义仁来说是非常重要的一件事，而这也是他的爷爷根植在他脑海里的观念：

　　"哪怕是口头的约定，对我爷爷来说比什么都重要。小时候的有一天，我放学后在家做作业，觉得好无聊，一会儿看挂钟一会儿看课本，东张西望，有点坐不住。爷爷看见我这个样子，问我是不是跟朋友有约定。我当时并没有什么约定，但想知道若真的有，他会怎么样。于是我跟他说，其实有约定。下一个瞬间他大声责骂说：'作业和约定，你说哪个更重要!？'就这样把我轰走。他就这样教会我一个约定多么重要，我也记住了。所以到现在，我对约定这件事非常重视。比如，年轻的时候和朋友喝到凌晨，回家睡个觉，起来之后总感觉昨晚和对方约了什么事儿，但就是想不起来。当时有电话机的家庭很少，我家也没有，只能骑车到朋友家直接问对方。否则我整天会想这件事。"

找人要在人中

　　中野义仁三十三岁时继承师名并成为三代目。但或许因为刚袭名，知名度不足，特意来找三代目的顾客寥寥无几，一个月顶多一两位来刺文身，打电话来询问的也就两三位，他便开始考虑做兼职，想到开家成人玩具（情趣用品）店。

　　"因为听说是很赚钱的，而且技术门槛不高嘛。但刚开始构思不久，我在报纸上看到一则报道，有个歹徒窜入一家成人玩具店，并把看店的老太太捶杀，她当场身亡。我靠，这万一发生在我身上，也会被报道出来吧，那就让'雕佑西'的口碑都毁了。成人玩具店绝不能开，那么只剩下唯一的路，自己出去找客人。日本谚语里有这么个说法：找人要在人中，找米要在米中。所以要找文身的客人，得去人多的地方。喜欢做文身的还是以黑社会成员为主，他们一般都在闹市区。也就是说，我的客人，就在那儿。"

每到晚上，三代目开始穿梭于各个酒吧和斯纳库之间，先隔着玻璃窗看看室内，看到眼熟的哥们儿就进去主动打招呼，"大哥您好！好久不见啊。"对方都很欢迎这位青年文身师，也会询问近况，这时三代目摇头苦笑，"不由自主地"唉声叹气说真不行，快饿死了。对方肯定会问他到底怎么了，三代目紧跟着请求介绍给他新客人，哥们儿拍着胸脯答应道，行啊，下次叫咱们组的年轻人到你那儿。

这个方法看似单纯，实则效果绝佳，后来三代目的客人慢慢多起来。在工作坊，若在客人身上看到别人做的文身，他就跟客人说一声并拍照，以便作为日后学习的材料。等客人的时候也不肯放下画笔，他的画稿贴满了小房间。"横滨那里好像有个好学的文身师"，这成为街头巷尾的话题，变成三代目的口碑。"所以呀，古人的谚语不能马虎对待，他们说的确实对，找东西就得找对地方。我也从此学到一招，人生陷入低谷的时候，更得出门走一走，不能退缩也不能把自己关在门后闷着。"

三代目雕佑西。

"您真能努力。"我随意说了这句时,三代目直视着我的眼睛说:

"确实,估计现在的年轻人不太会做这种努力。我这么拼命,并不是为了钱或名气,而就是为了初代。在病房里他问我今天有没有活儿嘛,还有他说的'是啊……',那声音让我特别心酸。我真心不想让他为我伤心或失望。因为有他,我才会更有动力。他是我往前努力的主要动机。"

感觉三代目在嘱咐我什么,说着说着声音变得有些柔和,他接着说道:

"当然啦,努力提升技术,最后对自己也有好处,但这个出发点需要他者。比如,男人在外面拼命就是为了让老婆开心,想赚多一点的钱给她。你也是吧,写文章当然是为了你的生活和自我实现,说到底什么工作都是为了养活自己,但实现自我这点,你就需要他者。若很多人喜欢你的书,你就很开心,能继续努力,若销量不好你会很伤心吧,所以你会更努力。我也一样。"

黑社会与美学

因为工作环境的关系，三代目与黑道人士打交道，而又是因为处在时代夹缝中，他恰好成为日本黑道由盛转衰的见证者。

三代目年轻时，黑道成员的主要事业是赌博，天天打赌，直到天亮。赌场到凌晨才收场，然后组里的老兄从"寺钱箱"[*]抓出一把钱分给兄弟们，每人一天两万日元都很正常，他们白天带这笔钱去"雕"（做文身）。

"我刚跟你说客人给的小费是大概（文身师收费标准的）一成，但这就是像木匠那些客人的收费标准。若换到黑社会的大哥们，尤其慷慨。他们大概在中午过后陆陆续续来做文身，做完给我五千日元，再给一万日元作为小费。小费是文身费用的两倍，他们的算法就这样。我跟他们说，拿五千日元已经够了，不收小费。结果客人自己想办法了。我的衣服就挂在工作室里，他们做完文身，在休息的时候指着那件衣服问我，欸，那件衬衫是你的吗？而且问得津津有味，感觉他对那件衣服特感兴趣。我说是的，结果他起身离开的时候把一万日元纸币塞到那件衬衫口袋里，我是他回去之后才发现的。那么下次我学会了嘛，直接把衬衫藏起来了，表示坚持不接受小费。然后他就看上我的鞋子。他在门口穿鞋子的时候问我，这双是不是你的呀，我说是的。而关上门那一刻他叫我一声，'中野先生，鞋子！看鞋子哈！'说完

---

[*] 寺钱（terasen），黑帮专用词，指分给赌博场所提供方的钱，是过去黑帮的主要收入来源。

就溜走。那时候的哥们儿真好玩，也很潇洒。"

"哥们儿"那么肯花钱，和黑社会的传统有关。就如关于江户人*的古话"不留隔夜钱"，他们习惯于早上拿到的钱在当天花掉，对他们来说"计划性消费"或"存款"属于天大的笑话，一提起就会被同辈们看不起。

"他们确实肯花钱。但人生难免有手头紧点或需要大款的时候，那怎么办？他们就进监狱。比如非法赌博窝点，当时的警察其实是通情达理的，排查之前会通知给黑帮，组里收到通知后选出一个兄弟，'突击检查'当天故意让他留在赌场。兄弟乖乖地被抓起来了，假如被判两年，那黑帮组长会给他按天算补偿金。比如一天一万日元，那刑满释放出来时就有好几百万的钱在等着你。按当时的物价来看，这可是一大笔钱。我在工作坊也经常听到年轻人在商量下次该谁来当这个替罪羊。当然啦，你自己找来的麻烦，组里也帮不了你，但若你替兄弟们做点事儿，组里一定会照顾你。"

也许因为自己的经历比较辛苦，三代目特别敬佩黑社会中"相互扶持"的精神。

而让传统意义上的黑帮和所谓的"愚连队"（不理会道德并会使用暴力的不良青少年族群）划清界限的也就是这点。

"不管是模拟的亲子关系，还是传统的'女人三从'（指妇

---

* "江户子不留隔夜钱"（江户っ子は宵越しの銭は持たぬ）是过去流传下来的句子，形容江户人花钱大方豪爽，以"视钱财为身外之物"为傲。

女未嫁从父、出嫁从夫、夫死从子），说到底都是关怀。在黑社会的世界里，到现在还留有一点这个传统。若在日本什么地方受灾，他们的本部马上联系到各地支部，用海（船）、陆（卡车）和空（飞机）等各种办法把生活物品送到灾区。食物、水、纸尿裤、卫生巾，什么都有。比政府的救援行动还早得很。大家受苦时第一时间动身的，就是他们。所谓'任侠'的本质就在相互扶持的精神中，但主流媒体都不会去报道。关东大地震（1923）也好，东日本大地震（2011）也好，全国各地的黑社会协力帮助民间，都一样。我还听说有一个黑社会的大哥，在福岛发生核电站事故时去帮民众逃难，就只带一个兄弟，还自个儿掏腰包捐了一千万日元。这种人不会玩推特也不写博客，当然媒体也不关注，只有身边极少的人知道。"

"说是这么说，但那时候的美学，现在越来越淡薄了。"三代目叹气道。他之所以这么衷心于"看不见的美学"以及"仗义每多屠狗辈"式的情怀，一方面应该来自他的经历和个性，还有另外一个原因是这种思路和文身有关系。

"现在的年轻人，喜欢在胳膊或脖子那些容易看得见的部分刺文身。但若你让他们脱衣服看看，后背什么都没有。那不是美学，而是丑学。以前，文身先刺在并不明显的地方，多了自然就被别人看见，是这样的。反过来，若你的文身只有在胳膊上，而后背啥都没有，那肯定被人笑话的。"

聊到这里，我跟三代目提起"山口组御用文身师"这个头衔，不料这又被对方挥手否定，"我并没有属于某一组"。

"大家也知道吧，山口组多年前分成三组，六代目山口组、神户山口组和任侠山口组。假如一个文身师专属某一个组，只给那里的成员做文身，那如果将来这一组分成两个，我的客源就受影响，有的客人我没法继续做文身了。再说，若你变成某一个组的专属文身师，以后所有的动作都得向上面报告，跟谁合作办展、参加文身海外比赛，都得事先打招呼，回来又得去一趟报告。"

三代目笑着继续说道："好像中国朋友都喜欢山口组御用这个说法，经常跟我提这件事。当然，我的客人当中是有山口组的，但也有别的组的啦，还有色情行业的工作人员、年轻人或外国人……只要不是未成年人，我都会给他们做文身。"

文身与 Tattoo

据三代目介绍，日本传统文身中使用的颜料并不多，过去只有墨黑、本朱和褐色的三种。本朱（红色）的主要原料为硫化汞，施文身后会发烧。"发热大约 38.5°C，三天三夜。过去施文身真的很辛苦。"三代目说道。后来多了蓝色和黄色，但这两种颜料过一两年就会变色，蓝色发黑，黄色变褐色，影响美观。于是他还在做初代的弟子时，就开始寻找更好的颜料。

"当时我听说关西地区有几家做颜料的厂商，但东京附近真没有。那时候有点野心，想做点跟别人不一样的、更漂亮的文身，所以我天天去找颜料。也会找其他文身师打听打听，但这属于机密嘛，他们也不会告诉你的。后来好不容易听到别人说新桥（东京都港区）那里好像有不错的（厂商），花了好几个月，终于找到一种湖蓝颜料，特别漂亮。先在自己的脚上试一试，确定没问题，就开始给客人使用。"

但同时三代目透露，日本国内比较难找质量过关的，现在自己的工作坊所使用的颜料也大部分属于海外生产。至于文身手法，三代目虽相信传统手针的好处，图案细腻且颜色亮丽很多，不易褪色，但在海外的Tattoo相关技术也日新月异。也因为罹患多年的肝功能衰竭，现在他每周有几天必须躺着做透析治疗，若只靠手针，身体已经不足以支撑他做好巨幅的文身作品，故此现在他也会使用电动文身机。

"现在技术实在太发达，电动文身机不用说，还有复制图案，现在用复印机就可以了。以前我们就用手抄。这当然费事，但同时可以锻炼手部的控制力，自然也会提升绘画的基本功。得到一个结果之前的过程，以前会稍微慢点，但在其中你能学到一点东西。现在有了机器，你很快就能拿到一个结果，其实同时你不知不觉中失去了某一种东西。"

到这里刚好说到Tattoo一词，我问他海外的Tattoo和日本的传统文身有何差异。按他的解释，其重点并不在图案和技法，主要还是在精神方面。

"当我入雕佑西门下时，心中怀有黑帮风格的义气。我想，既然成为弟子,那就要好好做事,将来一定要让师傅以我为傲。所谓的'种松杉木'[*]。所以呀,我在外面看到一家新开的文身工作坊,而且离初代的工作坊不远的地方,我就向初代打了小报告。而初代的反应非常淡,他说这你不用管,水平不高的人在附近开工作坊,反而能显出我们的技术好。听这句话我真服了,我的师傅好帅。换到现在,我老婆也像当年的我一样,会跟我说横滨哪里新开了文身工作坊。我就学初代,模仿他那句话说,这你不用管。(笑)"

虽然是这么说,按传统的文身行业习惯,横滨西区一带属于雕佑西的势力范围,别的文身师是不能设有工作坊的。

"别人不能,若是雕佑西一门弟子,更不能。因为这相当于剥夺一家人的生意。我们文身师开工作坊,过去必须和当地别的文身师有一定的地理上的距离,至少要有三个电车站的距离。你开始准备开工作坊的时候,首先要跟当地年纪最大的师傅说一声,若他能接受,接下来就向当地其他文身师们打招呼。这是必须的。我们西区过去有过一个例子,年轻文身师店面装修都做好了,没过几天要正式开业的时候才来找我。我没点头。我跟这位年轻人说,去找别的文身师,看看他们会不会点头。结果没有一个接受的,他回来跟我说这个,就收摊去了。因为遵守规则,他就这样浪费了一大笔钱。"

---

[*] 种松杉木(松杉を植える)是江户人的谚语,意思是在院子里种树并定居于此地。作为赌徒用词,它指为老大一家做事的心态或行为。

听起来好严格。但此刻三代目的声音变得淡淡如冰："黑道社会不能接受这种行为，匠人社会更不能。不然没什么美学了。我们讲的是文身，这和开个拉面店是两样的。"

"一个文身师的势力范围过去并不小啊。现在就不一样，走路不到半个小时就有另外一家，互相都不认识，也不打招呼。海外的 Tattoo 文化挂着自由风格，把当地传统搞得乱七八糟。就像便当外卖店，这里有一家，斜对面还有一家，看似同名，只不过在前面加两个字'元祖'而已，再走几步又有另外一家。（笑）他们就觉得这么做也没什么不对。做什么事都得有个顺序，你先要打好基础，好好学，然后才能做点大事。现在的年轻人不一样，一开始就想做大，但用这种方式，质量方面就达不到更高一层。这就是现在的日本。日本年轻人都不明白，海外的年轻人肯定更不懂。没办法。"

唯一的继承人

三代目在工作坊里默默耕耘，也能感受到社会和人心的变化。但身教重于言教，看着前辈的背影成长起来的他，知道自己所相信的价值观即将消失殆尽，但还是会用自己的方法和世界接触。他说自己收过不少弟子，最多的时候在工作室里有七个年轻小伙子。就如初代为他做的，三代目也开始为弟子准备存款。

"以我个人的看法，做弟子等于是成为服侍主人的'家臣'。

一旦在主人身上发生什么，就不顾一切地去帮忙。不管是任侠、黑社会或做文身的，我年轻的时候接触到的世界逻辑就是这样，对我来说这是理所当然的。这种关系，可以说是模拟亲子、模拟兄弟那种，因为你把对方当作亲爹亲兄弟。但我自己收弟子之后更加能感受到，现在的社会真的变了，要找出能够理解我们这些老一代人的逻辑的，几乎不可能。"

"现代人就像个上班族一样，你给公司做点什么，拿相应的工资，学好自己想要的技术就拜拜了。所以我的弟子现在一个都不剩，全都走了。过去有过个弟子，他的视力不太好，我让太太陪他去配眼镜，钱都帮他付了。再比如，新的弟子来了，我一家人和其他弟子都一起出去吃饭，他们想吃什么喝什么，都由我来买单。新人来了，至少半个月就这样吃饭喝酒，好让他尽快进入状况。但是呢，在这样的饭局上他们通常什么都不说，那个氛围就像守夜似的。最多的时候光吃饭每月花五十万日元。以前我也不知道收弟子要花这么多钱，有的弟子跟了我十五年，我给他花的钱应该不只几百万（日元）。过去有一个弟子，我是挺看好他的，他想要离开的时候我劝说要不再努力一点，他说要一天的时间考虑考虑，后来还是走了。那我也只能接受。所以最后没有一个弟子坚持到'那一刻'，我给弟子存的钱都留在我手里了。（笑）不过这点没什么好抱怨的，是我自己愿意干的事儿。回想过去，自己年轻的时候也一样，没明白老爷子为我考虑得这么多。就如谚语里说的，儿女不知父母心嘛。"

四代目施文身。来自四代目官网。

但三代目还是歪着脑袋最后加一句,人怎么会这么不一样。他是看到那小房间的床垫和被子感动不已、师傅早就去世了还会照顾师娘的人。"实际上师娘主要由我太太照顾。大家还劝我说可以了、不用管了,但这就是我的仁义。"他的迷惑不解并不针对外界的变化本身,而是为"那些小伙子"们担忧,若他们的人际关系并不建立在"信赖"之上,若他们已经不相信"仁义",那也好。但他们还能相信什么?他们到底在什么基础上建立人际关系?

时代更迭

除了"仁义"之外,支撑他的文身事业的哲学概念来自日本武术的"守破离"(Shu Ha Ri)。"守"(Shu)指无我地学习并修炼的最初阶段,开放心智,全盘遵从老师教诲。

"过去忘我地看书、看别人的文身、向师傅学技术,那是

年轻时的三代目夫妻和长男，摄于文身历史资料馆。馆长真由美介绍说："儿子那时候八个月。是纽约的摄影师 Sandi Fellman 女士用宝丽来相机拍的。"

我的'守'的阶段。我现在画什么图案都在脑子里，是因为在'守'阶段中把这些图案都固化在自己的脑子和肌肉里了。过了这段时间就是'破'（Ha）。借自己的用功和机智来突破过去的累积。我认为目前的状态就在'破'。办展览、和别人合作也是为了突破自己。是有意思的，脑子里不停地涌出新的想法，而且自己确实有技术可以实现这些想法。若我这辈子只能在'破'里，而无法达到'离'（Ri），也可以接受。说实话，我估计'离'那个状态不会有现在这么好玩。'离'等于是回到刚开始的'守'、原始状态。一切都是循环的。"

若从初代那一代人的标准来看，三代目确实是一个"破茧成蝶"的弟子了。他获取国内外文身师的认可，其交际圈比老一代开发得更多。他近年注重于一年一次的"孤狼展"（从 2018 年改名为"虎狼展"），是每逢秋日在东京原宿开办的二人画展。

"跟我老婆结婚时，我跟她说自己可能没法成为世界上技术最好的文身师，人上有人天外有天嘛。但是，我将来会成为一个最有名的文身师，先在关东地区（东京周围，包括横滨）出点名气，接下来是日本、亚洲，最后是世界。为了实现这个承诺，你必须得做和别的文身师不一样的事情。后来我出版画册、办展览，这后面都有我跟老婆的承诺。近期的'虎狼展'是和一个中国台湾人（雕颜/Jess Yen）一起办的，我跟他的关系很好。来的外国人也可多了，韩国、俄罗斯、澳洲、欧美各国，也有中国人。我的儿子也会来的，可惜今天不在，他现在刚好在上海和香港参加文身展。"

说及儿子中野一义（Nakano Kazuyoshi），三代目的眼神多了一丝温情。中野一义生于1984年，初中毕业后开始跟着父亲学文身，已经参加过不少国内外文身比赛。对此三代目说了一句日语的谚语"爱子要让他经风雨"（可愛い子には旅をさせよ），表示鼓励儿子该多出去、见世面。

"我也是初中毕业后在各地流浪。我十五岁时住的小房间是跟前辈合租的，他那时候二十一岁，有个女友，她经常写情书寄给他。前辈对此非常骄傲，偶尔把这些情书念给我听，我还看过情书上的吻痕呢。特别浪漫。但后来前辈被女友甩掉，想不开就试图自杀，幸好没死，但老板叫我去找那位女友。我大概知道她上班的地方，骑车赶过去，结果不在。老板怒气冲冲地跟我说，你怎么这么傻，若不在就得打听呀，要问出啥时候回来嘛！就这样，年轻人什么都不懂，待在家里没办法体验，我也教不会。"

听似是所谓的"无干涉主义"，但后来我在展览现场见到中野一义，他跟父母都是用敬语说话的。这是三代目对儿子的要求。"现在让孩子用敬语说话的家庭确实很少。我们对儿子还是挺严的。我的教育有一套，比如发现他做错什么，当场不说，但会记住。实在看不下去了，就把过去他做错的、没做好或不应该的种种都说出来。所以他到现在还挺怕我的，因为他知道我不说话，但在看他。当场责骂，其实效果没那么好。"

中野一义以前的头衔是惣领（总领），采访当天三代目说自己并没有考虑好让他袭名的具体时间。"这要等他自觉。并且哪怕他想继承家业，但若我觉得他还没准备好，那就不能让他袭名。不过无论如何，将来的四代目是他，没有别的可能。"

我第一次采访三代目的2018年，当时已经能看出来他长时间在榻榻米上盘腿坐也有些吃力。2020年他的社交账号发布自己住院的消息，留言多达三千多条，英文留言比日文的多几倍。后来他重返工作坊，没过多久正式公布袭名事宜，在2021年1月三代目的儿子中野一义正式成为四代目雕佑西，三代目现已改名为"花绣针墨心义仁王"，简称"仁王"。现在他的工作坊门口有两块木牌，"仁王"和"四代目雕佑西"。"仁王"还没有退休，但工作节奏比过去轻松多了。五点多醒来，白天主要看书画画，准备出画册和每年的展览，也会给客人刺文身。"偶尔见一下像你一样过来采访的人，也有从海外特意来找我的，年轻的时候想都想不到会这样。以前我很会喝酒，但以后要少喝，养身体，到这个年龄我才知道，世上比喝酒好玩的有的是。"他说。

我们现在所生活的社会，已不再是努力就有回报的时代。过去人们各自精研一门技术或许能傲视其他对手，不忘初心、将最初的决心坚持到最后的"美德"就是在那个时代才能开花结果。买房、结婚、生孩子，上一辈仿佛理所当然就实现的东西，现在都变得很困难，我欣赏三代目那世代的美德，同时也似乎能明白近年的"躺平"趋势。眼前能看到伸手可及的目标，我们才会出力气。

在互联网覆盖全球的现在，世界潮流瞬息万变。在这种环境中埋头专精技术还不够，还得提升全面能力，包括宣传、社交和形象包装，否则很难在众人中崭露头角。三代目的价值观和活法在他的时代成立，但若当作对当代年轻人的要求和期待，或许有些过于硬核。然而，他的人生经历和气节在我眼里仍未失去魅力。

在本书组稿期间，我跟三代目提起本书事宜，他乐意接受确认稿件。"我从明天开始住院一个月，但在医院其实挺无聊的，看稿没问题。"他说。于是，我把这篇文章翻译成日文发给他。没过几天他打来电话说内容没问题，不过想起几个事情，尤其是跟生活相关的一些细节，请你找个合适的地方加进去。我说好的。

我们就这样通话两三次，有一次我问他做弟子的时候在哪里吃饭。三代目说，就在餐馆。初代的工作坊周边有很多宿舍，都是企业工厂员工用，附近还有一家小餐馆为这些工人提供廉价套餐。"我到横滨的第一天在初代那里吃饭，第二天他让我到外面自己解决，我就天天在这家餐馆吃定食（日本的套餐形式，含米饭、味噌汤、主菜和配菜)。现在回想，那家餐馆是我做弟子生活中的一个支撑啊。以前这种餐馆很多，现在不多见了。当然你可以吃牛肉盖浇饭那些，也不贵，但容易营养不均匀。"

"还要说一下我年轻的时候怎么玩。一般都是我跟二代目，还有另一个弟子，这三个人一块出去。当时很流行台球，我们也赶时髦呀，还研究各种姿态什么的。穿得也尽量好看一点，但没钱嘛，买的都是假牌。(笑)搭讪女生？没有没有，我还是有点害羞，这不太会。"

"最近老是想以前的事儿，我跟儿子也经常说这些。太多事情跟现在很不一样，年轻人肯定不懂，不好好解释他们就听不明白。我跟你说啊，那个时候，当文身师不是什么时髦事儿，我们的工作场所也好，生活的地方也好，说白了都是很脏的。我的工作坊，原来就是初代一家人工作、起居生活的地方，我刚来的时候附近随便走一走，经常会看到有人扔了的小盒子，装毒品用的。现在不会有这种事儿，都很干净。太不一样了。我想，年轻人若不知道这些细节，看你的文章的感觉也会不一样的。"

三代目说话有时清楚有时又不清楚，我把自己的耳朵紧贴在手机听。他接着说，颈部取了两颗骨头，很疼，现在躺着给你打电话。不久，我在他身后听到护士的轻轻提醒，好像是送来了早餐。三代目以"嗨嗨"敷衍一下，然后对着手机说，"总之，我会坚持的。其他事儿若想到再给你打电话，那么先这样"，就挂了电话。

三代目，摄于 2018 年"虎狼展"。

三代目雕佑西的门牌。

三代目的部分画集已绝版,在旧书市场上也颇有人气。

文身历史资料馆一楼外侧贴满国内外客人留下的贴纸。

后记

  这几年我为本书不停地改稿,其间每位受访者以及诸多朋友给予许多帮助和支持,万分感激。反复进行的对话中,总会有那么一个瞬间,她/他们会展示出来自己的"弱",如能力或条件的不足,以及情绪上的脆弱。更能让我产生共鸣的是这些真诚的坦白。我们的"格外",或许不是因为克服了所谓的缺点,而是选择与原来的自我共存时才被展现出来。

  感谢新经典文化的同仁。
  感谢陆智昌老师十余年来继续操刀拙作的装帧设计。
  这些文章最初刊登于《好奇心日报》《小鸟文学》《澎湃新闻》和《读库》,感谢各媒体的信任和鼓励。

吉井忍

2024 年 11 月

图书在版编目（CIP）数据

格外的活法 /（日）吉井忍著. -- 上海：文汇出版社，2025.2（2025.4重印）
ISBN 978-7-5496-3976-2

Ⅰ. ①格… Ⅱ. ①吉… Ⅲ. ①散文集－日本－现代 Ⅳ. ①I313.65

中国国家版本馆CIP数据核字(2023)第022449号

格外的活法

作　　者/	〔日〕吉井忍
出版统筹/	杨静武
责任编辑/	何　璟
特邀编辑/	欧阳钰芳　郑科鹏
营销编辑/	王晨鑫　张小莲
装帧设计/	陆智昌
内文制作/	韩　笑　陈慕阳　王春雪
图片摄影/	吉井忍
出　　版/	文汇出版社
	上海市威海路755号
	（邮政编码200041）
发　　行/	新经典发行有限公司
电　　话/	010-68423599　邮　箱/ editor@readinglife.com
印刷装订/	北京盛通印刷股份有限公司
版　　次/	2025年2月第1版
印　　次/	2025年4月第4次印刷
开　　本/	880×1240　1/32
字　　数/	160千
印　　张/	9.5

ISBN 978-7-5496-3976-2
定　　价/　79.00元

敬启读者，如发现本书有印装质量问题，请与发行方联系。